**OSCAR
BESTSELLERS**

DANIELE MENCARELLI

LA CASA DEGLI SGUARDI

© 2018 Mondadori Libri S.p.A., Milano

I edizione Scrittori italiani e stranieri febbraio 2018
I edizione Oscar Bestsellers febbraio 2020

ISBN 978-88-04-72417-9

Questo volume è stato stampato
presso ELCOGRAF S.p.A.
Stabilimento - Cles (TN)
Stampato in Italia. Printed in Italy

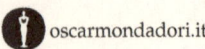 oscarmondadori.it

Un ringraziamento particolare a Maria Cristina Olati per la cura del testo.

Anno 2021 - Ristampa   4 5 6 7

librimondadori.it

La casa degli sguardi

Ai lottatori

IL PAESE

1

Non è un risveglio. È un sussulto.

Ogni mattina mi ritrovo dritto sul letto, con l'affanno in gola, il cuore accelerato, il corpo preso da un tremore continuo, un delirio di movimenti.

"Non ricordo nulla." È la frase che mi ripeto tutte le mattine.

"Non ricordare nulla." È il mio obiettivo della sera.

Mi alzo a scatti, un automa senza coordinazione né coordinate, ho i pantaloni pieni di piscio, scanso col piede il pitale che mia madre mette accanto al letto, è vuoto, come sempre.

Sono le sei di mattina, respiro come appena riemerso da un oceano nero, senza suoni, né sogni.

Lei sta lì, addormentata sui tre gradini che portano alla mia stanza. Come si possa dormire su tre gradini lo sa solo la disperazione. Mia madre è una rabdomante sfortunata, la sua acqua sono tre figli da custodire, ma uno, l'ultimo, le è uscito con una malattia invisibile all'altezza del cervello, o del cuore, o di tutto il sangue che gli circola nel corpo.

Mia madre si tira su che smania dal dolore, ha un braccio addormentato, la postura di una contorsionista a fine spettacolo, mi guarda come sperando qualcosa, una novità che non s'avvera.

Arriverò a dimenticare anche lei, a non amare più niente, perché niente posso difendere, niente salvare. Allora si distrugga il mondo, finisca tutto, non voglio sopravvivere a mia madre, a mio padre, a tutto quello che brucerà nel niente.

La rassegna di medici a caro prezzo non ha colto soluzione possibile, a parte farmaci e accoglienza a ore, a parte dare nomi diversi a quello che dovrei o non dovrei avere. Maniaco depressivo. Borderline. Disturbo della personalità. Sindrome d'ansia generalizzata. Poi altri nomi, ma la dimenticanza se li è portati via.

Ma io non sono malato, sono vivo oltre misura, come una bestia più consapevole delle altre bestie. Ormai agli uomini non è più permesso interrogarsi, abbracciare fino in fondo l'insensatezza su cui abbiamo costruito certezze assurde. Perché alla vita, al lavoro, al farsi una famiglia, a queste cose bisogna credere, come un soldato alla guerra. Come se non bastasse un niente a far scattare il destino, a far finire tutto. Perché finisce tutto, non rimane niente. È il niente che mi uccide, che mi ha condotto a questo presente vuoto. Dovrei solo smettere di chiedere, cercare, dovrei solo far finta di non cogliere ovunque l'assenza di qualcosa, qualcuno.

Un'assenza sterminata che rende infelice anche l'amore.

In tanti mi dicono di scrivere, di buttare lì dentro tutto.

Perché io scrivo poesie, un paio d'anni fa ho esordito su una rivista di letteratura, poi ne sono venute altre. Mi stimano in molti, anche poeti importanti.

Ma la poesia lo testimonia il dolore, non lo cura. Le parole mi accompagnano da sempre, sono cristallo e radice, viaggio e lama, sono tutto, tranne medicina. La poesia non cura, semmai apre, dissutura, scoperchia. Ma non c'è più la forza di fare poesia.

Allo specchio guardo l'immagine che sono, il petto coperto dalle bruciature di sigaretta cadute dalla bocca nel sonno, sulla fronte un livido accaduto chissà come. Ho venticinque anni, degli ultimi quattro ho solo questa immagine allo specchio. E poi il dolore pianto, e tutto quello piantato nel petto di un padre e di una madre, un fratello e una sorella, le vite interrotte dalla mia caduta, precisa come un tuffo da olimpionico.

Quattro anni sono riuscito a spazzarli via, un passo alla volta spazzerò via tutto.

È un destino più che una malattia. Una stranezza infame. Quel che agisce sugli altri come tesoro in me si trasforma in dolore. È la sorte di chi è nato per soccombere.

Se gli altri sorridono alla nostalgia io piango, il ricordo è un veleno che non so dosare, mi brucia da quando ero un ragazzino che voleva tornare indietro, indietro, al tempo di una felicità remota come di un'infanzia mai vissuta.

Se gli altri si giovano dell'amore dato e ricevuto io soffro, in me accade qualcosa d'incomprensibile, che mi fa vivere perennemente l'amore sulla soglia dell'addio. Non accetto che ciò che amo possa lasciarmi, che esista un tempo entro cui vivere e morire, i miei amori hanno la profondità dell'universo e nessuno deve toccarmeli. Ma non è così.

Gli uomini smettono di vivere come fosse naturale, la danno vinta alla morte e niente possono.

I miei amori muoiono ogni giorno. È la paura che giostra le immagini nella testa. Lì si animano scene crudeli, lì i miei amori finiscono in tragedia, e io soffro come se quelle visioni fossero di carne e ossa.

La paura è il mio demonio, trasforma tutto prima che sia vissuto in un disastro scritto, con lei ho perso ancora prima d'aver combattuto.

Allora ci si curi.

Si metta dentro la medicina che fa dimenticare, che uccide la paura.

E le medicine le ho provate tutte, sino a quest'ultima.

Ormai esco per bere e bevo per uscire.

Sul certificato dell'ultimo ricovero il medico ha scritto: "Abuso d'alcol come dipendenza di ripiego da sostanze stupefacenti".

Mi ucciderà un ripiego, l'ultima carta del mazzo.

La giornata tipo prevede la ricerca della macchina come primo passo verso la nuova dimenticanza. Spesso occorrono ore, ricordare la sera passata è come tentare di ricordare i mesi che precedono la nascita. Nella mente un vuoto che sputa di tanto in tanto un colore, un incubo, un volto emerso da chissà dove.

La ritrovo con un vetro rotto e il muso ripiegato su se stesso. Ieri ho fatto tre incidenti, l'ultimo alle due di pomeriggio per un colpo di sonno. Questo lo rammento perfettamente. La dimenticanza procede con le ore, s'avventa dal tardo pomeriggio.

Dell'incidente di un mese fa, invece, non ricordo nulla, solo che mi sono ritrovato cappottato a testa in giù in mezzo alla strada, svegliato dalle inchiodate delle macchine, istantaneamente sobrio, almeno per i primi cinque minuti.

Da quell'incidente mio padre ha smesso di ripararmi la macchina, i carrozzieri dove la porta sono tutti suoi amici e non vuole farmi vedere «per come sto».

L'ultima volta un suo amico mi ha offerto un caffè, per il tremore non riuscivo nemmeno ad avvicinarlo alla bocca. Me lo ha fatto bere mio padre, lui dalla sua mano, mi portava il bicchierino di plastica alla bocca come a un paralitico, intanto cercava di sdrammatizzare la situazione davanti al suo amico.

Non l'ho mai visto recitare così male.

La prima cosa che bevo basta e avanza, quello che verrà dopo non conta.

Contano invece le stazioni del mio viaggio: due bar, uno all'inizio e uno alla fine del paese. Quale la partenza e quale l'arrivo, poco importa.

A ogni bar un bicchiere di bianco. Un bicchiere di bianco dall'inizio alla fine. È la cosa che costa meno in assoluto.

La destinazione del viaggio è sconosciuta, i tremori no, arrivano come scosse, sempre più forti.

Ma oggi qualcosa di nuovo sembra farmi visita.

Il tremore si è fatto crampo, mi ha piegato la testa e non riesco più a raddrizzarla.

Forse è il delirio che avanza, oppure finalmente sto morendo.

Vado verso l'ospedale, poi la dimenticanza bussa e io apro.

Quando mi risveglio mi ritrovo su una barella con una flebo al braccio, i polsi legati con del nastro adesivo, richiamati al loro ruolo mio padre e mia madre, da un lato, due poliziotti dall'altro. Sentirmi costretto dal nastro mi fa perdere istantaneamente la calma. Mi liberassero. Subito. Invece non succede.

Da lontano una dottoressa, molto giovane, mi guarda come si potrebbe guardare un drago.

Uno strattone più forte e il nastro salta, mi sfilo la flebo, il sangue inizia a uscirmi dalla vena a zampilli lunghissimi. Vedo gente che corre per non essere battezzata dal mio sangue, anche i poliziotti.

Mi dimettono per sfinimento, sarebbe il terzo ricovero in

due mesi, e poi la psichiatra di turno, la donna che mi guardava terrorizzata, ha detto che non sono un soggetto «medicalizzabile», dalla mia bocca sono uscite nei suoi confronti parole vergognose.

Mi piacerebbe sapere quali parole ho usato, ma quello è territorio della dimenticanza.

Arriviamo a casa, mio padre non dice nulla, non guarda nulla, va verso la sua stanza chiuso tra le spalle, non l'ho mai visto così piccolo, lui grande come una montagna, forte da piegare il ferro.

Mia madre invece resta al mio fianco, improvvisamente mi prende per mano, mi fa cenno di seguirla, fuori, nella notte.

«Se proprio dev'esse, almeno facciamolo insieme.»

Mia madre mi porta sul ponte monumentale che fa da ingresso al mio paese, si ferma al centro esatto.

«Così finimo de soffri' finalmente.»

Mia madre è una piuma pronta a volare, è lì sul ciglio della vita e non prova nulla, desidera la morte che io le sto dando goccia a goccia da quattro anni. Sto uccidendo chi vorrei proteggere da qualsiasi fenomeno naturale, il male sono io, io sono quello che sta distruggendo tutto.

Restiamo lì un tempo che non è di secondi e minuti, nella mia testa passa il pensiero di volare giù, sessanta metri a volo d'angelo con mia madre, basterebbe trasformare questo pensiero in impulso nervoso e tutto sarebbe finito, sto per farlo, e mia madre con me.

Invece la porto per mano verso casa, lei ora non sembra più presente, ha negli occhi la stanchezza di chi ha finito di vivere, anche se dal ponte stiamo tornando sulle nostre gambe.

Mi metto a letto quasi lucido, non accadeva da quanto non ricordo, al posto del sonno ho i tremori, è un cuore batten-te sin dentro le orecchie. Sento dei passi sui tre gradini, è lei che mi porta un sonnifero, che mi toglie la maglia mac-chiata di sangue, che ha ancora il coraggio di accarezzarmi. Va a sedersi sul suo gradino, sentinella spossata, un muc-chio di carne e ossa. Io mi volto dall'altra parte, senza sape-re più cosa augurarmi.

4

Quando chiamo Davide non ho vergogna, se si chiede aiuto lo si deve fare per bene, il pudore non me lo posso permettere.

Davide è un poeta, un amico, l'unico. È direttore di una rivista letteraria, quella in cui ho esordito un paio d'anni fa. Mi affido a lui, anche perché non avrei nessun altro. Devo spezzare la catena che mi sono avvolto attorno alla vita, a tutto il corpo, non so cosa voglio diventare, cosa essere, ma devo provare a restare vivo.

La telefonata è breve, Davide sa in quale gorgo sia finito, mi dice che si darà da fare, senza stare troppo a pensare il cosa e il dove, ciò che conta è che io riesca a uscire di casa.

Anche perché quali obiezioni potrei tirar fuori? A quale lavoro, per come mi sono ridotto, potrei mai aspirare? Non ho bisogno di guardarmi alle spalle per vedere tutti i fallimenti che ho raccolto negli ultimi anni. Mille studi presi e lasciati, altrettanti mestieri. Ho fatto il rappresentante di climatizzatori, il vigile urbano a tempo determinato, il legatore di libri, l'aiuto cuoco. Ho studiato per due anni Giurisprudenza, poi Comunicazione, entrambe lasciate senza grande rimpianto.

Fino a vent'anni sono riuscito a tenere a bada lo sguardo che mi è toccato in sorte, poi tutto è esploso, i nervi hanno ceduto sotto il carico continuo, in soccorso sono arrivati gli amici e le droghe, una divertentissima disperazione, almeno al principio. Ma come la comitiva si è accorta che il mio divertimento nascondeva una volontà da omicida, attorno si è fatta solitudine completa, Cristo, ci si droga o si beve per divertimento, al limite si muore per una casualità come può essere un incidente stradale, ma con una certa moderazione, un metro, una capacità di gestione. Se si supera quel limite, se al posto dell'allegria smodata s'incomincia a produrre sofferenza, allora si diventa istantaneamente reietti.

Un fastidio anche solo da incrociare per strada.

È sera quando Davide mi richiama. Un amico di un amico. Una cooperativa di servizi.

Farò l'operaio, pulizie e facchinaggio.

Quando mi dice dove lavorerò non ci sto troppo a pensare, trascrivo tutto su un foglio.

Da anni la cena è diventata una processione di sguardi e silenzi. Si mangia per alimentare i corpi, non più per dare vita a un rito di condivisione familiare, dialogo, gioco. Una volta non era così. Poi sono arrivato io. Il pensiero mi toglie quel poco d'appetito che ho. Vorrei solo buttarmi per terra, baciare i piedi di chi amo e sto facendo soffrire. Vorrei solo chiedere scusa, poter tornare indietro, non avere in dote quello che sono.

«Davide m'ha trovato lavoro, come operaio, al Bambino Gesù.»

Mio padre e mia madre puntano gli occhi su di me. Da quello che posso capire i loro sentimenti sono diversi. Hanno accolto la notizia in silenzio.

Mia madre ha paura, glielo leggo sulle labbra: «Al Bambino Gesù curano i bambini, ce sei stato pure tu da piccolo».

Forse per il ricordo, forse per altro, mia madre inizia a piangere.

«Non è un posto per te, vede' i bambini malati, sei sicuro?»

Non rispondo, guardo mio padre, mi sembra che anche lui voglia dire qualcosa, alla fine rimane in silenzio, a tavola ormai non parla quasi più, meno che mai mi guarda in faccia.

Quella sera scendiamo a patti. Io propongo di non uscire, purché possa bere tranquillamente in casa. I miei alla fine acconsentono, ma solo quel poco d'alcol che serve per far risalire tutto quello che mi viaggia nel corpo.

La dimenticanza arriva presto, nella memoria l'ultima immagine è quella di mia madre, la vedo come sempre, una trottola attorno al mio letto, meno loquace del solito. La notizia del Bambino Gesù le lavora dentro senza sosta, glielo leggo in ogni gesto, nelle improvvise pause che si concede, dominata com'è dai pensieri.

5

Per tutto il viaggio tento di ricordare l'ultima volta che ho affrontato da sobrio un dialogo con un altro essere vivente. Non mi viene in mente nulla. Ecco la paura montare, un chilometro alla volta. La timidezza del ragazzino che ero con le sostanze e l'alcol si è trasformata in qualcosa d'altro, una vergogna immonda, sento sulla mia schiena uno a uno tutti gli sguardi del genere umano. Quegli sguardi mi spogliano, m'inginocchiano, emettono giudizi impietosi sul mio stato, in continuazione. Fobia sociale, un'altra patologia da scrivere nel curriculum. La sconfiggo solo con l'alcol, ma stamattina non posso bere, se ne accorgerebbero, ormai passo da sobrio a straccio con mezzo bicchiere di vino.

Faccio la via Appia verso Roma finendomi le unghie, quel pochissimo che ne rimane. Avrei potuto prendere un ansiolitico, ma è troppo tardi.

Dopo il Lungotevere salgo verso il Gianicolo, è da anni che non vengo quassù, un Capodanno di tanto tempo fa, non avrò avuto neanche diciott'anni. Più indietro un ricordo sgranato, il colpo del cannone alle dodici precise, il teatrino dei burattini, io per mano a mia madre e mio padre. Eccola. La nostalgia arriva col suo macigno lanciato da lontano, ma per fortuna non c'è tempo: un parcheggiatore senza denti mi propone un posto ignobile, praticamente su una curva. Non me lo faccio ripetere. Sono le dieci meno dieci e in vita mia non sono mai arrivato in ritardo, me lo impone la mia insicurezza.

Se si arriva, si arriva in anticipo, anche di ore.

Prima di varcare il cancello mi affaccio dal belvedere proprio lì davanti, verso Roma stesa fino ai suoi confini più lontani, i palazzi appena sotto di Regina Coeli, poco distante l'enormità bianca del Milite ignoto, e una bellezza profusa senza parsimonia. Più su, svettante su tutto, il Monte Cavo, i Castelli Romani. Casa mia.

L'ospedale è diviso in palazzine, a un vigilante chiedo dove si trovi l'ufficio della cooperativa di servizi, lui inizia a indicarmi la strada e vado subito nel panico.

Da quando è esplosa la fobia sociale non riesco a fissare negli occhi le persone, sfuggo altrove con lo sguardo, a chi mi osserva chissà come apparirò, questo interrogativo me lo ripeto continuamente, le risposte sono le stesse sempre, un pazzo, un drogato, un povero demente, spesso tutte e tre le cose assieme. Solo la dimenticanza mi toglie dalla testa questo interrogativo e le risposte a seguire.

M'incammino con in mente la prima indicazione della sequela infinita che mi ha dato il vigilante, mi devo infilare in un budello sottoterra, un lunghissimo corridoio che unisce i vari padiglioni, al piano meno uno.

A prima vista quel tunnel infinito mi fa pensare a una lunga arteria che unisce organi su organi, forse perché il pavimento e la parte bassa delle pareti sono di cortina rossa. Lì sotto sbaglio strada almeno dieci volte, incontro medici, infermieri, barelle vuote, alla fine ecco l'ufficio della cooperativa, è accanto all'archivio delle cartelle cliniche.

L'ansia esplode quando vedo sedute lì attorno almeno sette, otto persone, in divisa grigia, le donne con un camice lungo dello stesso colore, il colletto giallo è l'unico elemento a contrasto. Cerco di sorridere a tutti, ma non guardo in faccia nessuno, sudo, mi sforzo di controllare la respirazione, di darle una cadenza regolare, calma, ma so perfettamente che il tentativo sarà inutile.

I miei futuri colleghi mi danno la mano, si presentano, dimentico i nomi nell'esatto momento in cui li sento.

«Te devi essè quello nòvo.»

È un ragazzo di una quarantina d'anni a venirmi incontro, è l'unico senza divisa, l'unico che guardi in faccia, mi allunga la mano ma senza nessun cenno di benvenuto.

«Sono Fabio, il capo operaio.»

Gli stringo la mano. «Daniele.»

«'A sai usa' la monospazzola?»

Non ho mai sentito quel nome composto, faccio di no con la testa, lui sorride in direzione degli altri operai. Il mio stato confonde spesso il reale e l'irreale, ma in questo caso non è la fobia sociale a farmi mischiare ciò che è vero e ciò che sta nella mia testa. Fabio ha sorriso agli altri come per dire "avete capito?", oppure "avete sentito?". Mi colpisce in faccia un manrovescio d'imbarazzo.

«Ah! È arivato er raccomandato!»

Il commento, da voce maschile, è risuonato alle mie spalle, mi giro e vedo altri volti aggiunti al pubblico, ora mi guardano tutti, non saprei dire da chi sia partita quella frase.

«Un vetro almeno lo sai puli'?»

Istintivamente faccio di sì con la testa, Cristo santo, un vetro lo so pulire, Fabio per tutta risposta entra al volo nell'ufficetto, lo sento rovistare, ritorna con una stecca per pulire i vetri. Quell'arnese lo vedo ai semafori in mano ai disperati, quando lui me lo passa cerco di ricordare i loro movimenti, poi mi esibisco come un mimo su un vetro invisibile.

Risate di tutti.

Darei oro per potermi avventare su Fabio, dargli una testata su quel bel sorriso, poi, uno a uno comprese le donne, prendere a calci in culo tutti gli altri. Oppure più semplicemente fuggire da lì.

«Vie' va', devi firma' er contratto.»

Entro nell'ufficetto, ovunque taniche di detersivi, sco-pettoni, rotoli enormi di sacchi per l'immondizia. Fabio mi passa il contratto.

Firmo. È il 3 marzo del 1999.

«Attacchi domani mattina alle sei, la direzione t'ha fatto mette in squadra esterna, è la posizione dove se guadagna de più pe' via delle notti, c'erano dentro 'st'ospedale alme-no quattro ragazzi che aspettavano da 'na vita de passa' a quella posizione, se prima te sei sentito un po' d'occhi ad-dosso mo te sarà chiaro perché.»

Annuisco. Dentro non posso fare a meno di sorridere. Un raccomandato va a fare il dirigente d'azienda, non l'uomo delle pulizie dentro un ospedale.

Fabio torna a leggere alcune buste paga, non mi saluta nemmeno. Fuori non c'è più nessuno, la cosa mi fa tirare un sospiro di sollievo.

Invece di ripercorrere il camminamento sotterraneo esco all'aperto, m'accorgo di trovarmi accanto all'altra entrata, quella del Pronto soccorso, un'insegna enorme lo segnala, DEA, DIPARTIMENTO EMERGENZA ACCETTAZIONE. Come evocata dalla mia testa ecco una sirena, la sbarra elettrica si alza velocemente, l'ambulanza s'infila a tutta velocità. Ri-mango immobile, come ha ordinato un vigilante a tutti i presenti. Dall'interno dell'abitacolo, accavallato al fragore della sirena, arriva chiaramente il pianto di un bambino. È un pianto fortissimo, chissà legato a quale dolore. L'ambu-lanza si ferma davanti al DEA, io m'incammino in direzio-ne opposta, ancora frastornato da quella sirena e dal pianto.

L'ospedale è curato in ogni particolare, ogni due metri cartelli imperativi ricordano il divieto di fumo, anche all'a-perto, e io sto sui due pacchetti e mezzo di sigarette al gior-no. Emmesse dure. Le persone che incrocio danno l'idea di avere un obiettivo preciso, un luogo che le aspetta. Tutto è ordine e pulizia, precisione, almeno così appare a prima vista. Non è come gli altri ospedali che ho frequentato ultimamente, quello di Albano soprattutto, uno stabile che sembra sopravvissuto a un bombardamento, tanto dentro che fuori: se la bellezza di un luogo rappresenta anche solo lontanamente la sua essenza, ecco spiegato il motivo per cui lì dentro si muore con poco.

Il parcheggiatore vorrebbe altre mille lire, gliene do cinquecento.

L'idea che da domani mattina alle sei dovrò convivere con quegli stronzi m'innervosisce a morte, chissà se ce la farò, accarezzo per un attimo le parole di mia madre, potrò sempre dire che l'ambiente ospedaliero non faceva per me, data la mia sensibilità. Mi viene un po' da ridere, io che sfrutto la cosa che odio più di tutto al mondo. La sensibilità. Il metro degli sciocchi. Come voler misurare ogni altro sentimento umano. La retorica del poeta sensibile la impiccherei. Si parli, semmai, di fragilità, di esseri nati con la pelle più sottile, un bassissimo numero di anticorpi a ogni bene e male del mondo, dal dolore alla tenerezza, malinconia e amore compresi. Persone che le inchiodi con poco, basta un fiore per bucargli la pelle.

Torno verso casa, mi lascio Roma alle spalle, almeno quasi tutta, sino a un bar in zona Piramide, il parcheggio libero proprio lì davanti sembra l'invito di un amico invisibile.

«Un bicchiere bianco.»

La giornata è di quelle che introducono alla primavera, non sono i segni visibili a darne l'annuncio, quanto una inclinazione della luce, qualcosa di ineffabile, intraducibile.

L'alcol è un'onda di morbidezza, fa sparire gli spigoli che mi feriscono.

Almeno sino alla dimenticanza posso parlare con naturalezza, altrettanto naturalmente ridere, abbracciare. Con l'alcol sono moderato, divertente, un amicone insomma.

A parte la questione economica, l'alcol è la sostanza per eccellenza, forse è per questo che si è guadagnata la legalità. Magari, senza che nessuno lo sappia, nelle alte sfere fecero delle selezioni prima di renderlo legale, una specie di concorso fra tutte le sostanze psicotrope dove in premio c'era proprio la legalità, la garanzia dello stato, la perfezione delle perfezioni. All'alcol sono arrivato il giorno in cui ho promesso al mondo di smettere con le sostanze illegali che mi stavano distruggendo, senza contare i soldi non miei che stavo bruciando, il pericolo di arresto, tutto quello che può accadere a chi frequenta criminali di ogni sorta. Con le sostanze ho iniziato a diciassette anni, all'epoca era il gioco di un ragazzo in mezzo ad altri ragazzi, e per un po' di tempo è continuata così, tra una bevuta da ridere e un sabato sera finito la domenica a pranzo. All'epoca funzionavano il fumo e le pasticche, l'ecstasy, i rave in giro, le discoteche. Non saprei dire chi venne prima, quale l'ordine degli addendi, ciò che all'epoca non calcolai era il mio contesto mentale, psicologico. Un conto accendere un fiammifero in mezzo a un prato, un conto accenderlo dentro una stanza satura di gas. Si passò alla cocaina un po' tutti assieme, per l'opinione comune che tra una sostanza sintetica, creata in chissà quale laboratorio olandese, e una sostanza "naturale" non ci fosse paragone in termini di controindicazioni e pericoli. Anche perché con le pasticche più di qualche amico rimase impalato al giorno della sua fine, non sempre coincidente con la morte. Chi arrestato, chi "rimasto sotto", col cervello cotto dalla chimica, altri morti veramente, confusi con il guardrail, bruciati.

Della cocaina amavo la sensazione di controllo, sconosciuta e ambita da sempre, potrà sembrare assurdo ma su di me aveva l'effetto di un calmante senza sonno, capace di mettermi la realtà ai piedi. Niente di incontrollato poteva accadere, e anche nel caso fosse accaduto io potevo dominarlo. Ma a ottantamila lire al grammo. E se l'alcol ha il suo apice, cercato e ottenuto, la cocaina no, come ogni altro stupefacente d'altronde, quindi è inevitabile tornare al punto di partenza, in un down di nervosismo e nostalgia, con una smania feroce di trovarne altra, poi altra ancora. Con la cocaina si consumò la frattura dalla comitiva, dagli amici tutti, io non volevo né sapevo gestirmi, e poi il malessere era diventato evidente, così come i comportamenti e le reazioni esagerate. Uscite voi con uno che si commuove per una canzone, o che litiga fino agli schiaffi per la più assurda delle paranoie. Attorno rimasero soltanto gli spacciatori fidati e cocainomani trovati per strada, gente di ogni tipo, età e maledizione.

Ma non avendo un patrimonio disponibile, né genitori che lo avessero per permettere a me di bruciarlo, come successe a tanti, ben presto vennero fuori le magagne. Trecentomila lire sparite di qua, l'oro della comunione messo chissà dove, e debiti improvvisi, improvvise tasse universitarie. Fu mio fratello ad avere la certezza del mio problema, glielo dissero alcuni conoscenti. Il limite di vivere in provincia. Quel poco di mondo ancora in piedi crollò agli occhi di mia madre e mio padre, se fino a quel punto erano sopravvissuti, perché per distruggere la fiducia di un genitore verso un figlio occorrono tempo e dedizione, quel passaggio ne decretò la fine sino a nuovo ordine. Promisi di uscirne, sinceramente, sperimentai la catena della dipendenza, quando sentii di avercela fatta alzai il bicchiere per un brindisi.

I festeggiamenti per la nuova schiavitù.

«Hai bevuto.»

Mia madre non ha più bisogno di vedermi in faccia, o di sentirmi parlare, mi basta mettere un piede dentro casa per permetterle di esibire questa sua specie di talento da sensitiva. Non so se lo dica per abitudine o se le basti il mio silenzio, nemmeno si ferma più per dirmelo, né s'incazza. Tantomeno io provo a difendermi. Me ne andrò a dormire, poi nel pomeriggio fuori a bere, mi piacerebbe trovare qualcuna con cui farlo, ma è una speranza che nemmeno accendo più. Non ho una ragazza da anni, ne ho amate diverse, dall'adolescenza sino all'ultima, avuta attorno ai vent'anni. Parlavamo addirittura di matrimonio, una casa assieme, una famiglia, poi tutto è diventato una brutta recita, un'imitazione di chi avevo intorno, mio padre, mio fratello. Fu un addio molto sofferto, lei fu la prima testimone, al di fuori della mia famiglia, del mio veloce naufragio. Successe tutto una sera, una delle ultime della nostra relazione. Volevo farla finita, non vedevo altre vie d'uscita, ma pensare al suicidio e metterlo in atto sono due pratiche completamente diverse. Mi limitai alla disperazione, a distruggere piatti e soprammobili, a prendere a cazzotti i muri, mi feci del male, cosa che, da sempre, mi riesce benissimo. Fu il primo acuto, la prima nota emessa dalla mia sofferenza sempre più ingestibile. Lei assistette da innamorata, forse non accadde niente di peggio grazie a lei. Dopo pochi giorni le dissi che tra noi non poteva continuare.

Almeno sino agli ultimi tempi, non l'ho mai più pensata, ma solo perché il passato, rispetto a questo presente ingeneroso, ti arriva come una terra bellissima, anche se non è così.

«Com'è andata?»

Mia madre si siede accanto a me nel salotto, chissà cosa vorrebbe sentirsi rispondere.

«Ho firmato il contratto, domattina alle sei inizio. Devo fa' pure le notti.»

Gli occhi di mia madre, tutto il viso, rimandano ormai a un vertice della sofferenza quasi disumano, oltre non si può andare, si strapperebbe la carne.

«E tu per come sei ridotto pensi di farcela?»

Non rispondo subito, anche perché non so cosa dire, non so se ce la farò, se lo voglio veramente.

«Ma', ce provo, poi vedremo.»

Mi si chiudono gli occhi, con fatica assoluta vado in camera mia, nemmeno mi spoglio. Un altro beneficio dell'alcol è questa amicizia che ti fa stringere con il sonno, ho sempre avuto problemi a dormire, passavo ore prima di farcela, ma era il tempo della sobrietà. Il conto con l'alcol si paga al risveglio, è come se il corpo, all'insaputa del suo proprietario, avesse fatto una serie di ripetute da cento metri prima di ridestarsi. I mal di testa non ci sono più, nemmeno la nausea, solo l'affanno maledetto e i tremori.

Quando mi sveglio è ora di cena, dovrei farmi una doccia, scendo nel salone e trovo già apparecchiato. I miei ormai parlano una lingua senza suoni, solo gesti, nulla è lasciato al caso, soprattutto nulla che abbia a che fare con me.

Una bottiglia di bianco al centro della tavola è una indicazione precisa: i miei vorrebbero che non uscissi, sarebbe la seconda sera consecutiva. Lo fanno senz'altro per l'impegno che mi aspetta domattina, il mio primo giorno di lavoro. Rispondo al loro desiderio nella stessa lingua, non un suono. Mi siedo a tavola, prima di toccare cibo mi riempio il bicchiere. Mio padre vive questo gesto come una frustata sulla schiena da patirsi in silenzio, lui è un bevitore sano, anche mia madre nelle occasioni giuste beve mezzo bicchiere. La loquacità mi sprizza fuori dopo pochi minuti, parlo con ottimismo di tutto, del lavoro che inizierò, di «questa situazione» che si risolverà a breve, presto ne rideremo come di un ricordo poco piacevole, ma ormai alle spalle, vinto e superato. I miei non rispondono con altrettanta loquacità e ottimismo, ormai sanno che quella parlantina fluida e giocosa è solo l'inizio della mia fine serale, l'allegria che precede il delirio, niente di meno e niente di più di un sintomo.

La dimenticanza mi prende lì, seduto accanto a mio padre e mia madre, passo da parole vuote al vuoto assoluto in modo perfetto, indolore.

6

Il suono della sveglia è un'esplosione nel buio compresso della mente, me ne basta mezzo urlo per tirarmi su, altrettanto velocemente mi rendo conto che la quantità di sonno che ho consumato non è sufficiente a donarmi una sobrietà degna di questo nome. Sono le quattro e tre quarti.

Non ho il tempo di finire la constatazione che sento dei passi sui tre gradini, si affacciano mia madre e mio padre, lei ha in mano un bicchiere colmo di caffè, me lo passa ancora bruciante, fatico a tenerlo in mano. Mentre bevo, loro rimangono muti, lui nel suo pigiama stretto sulla pancia, lei con la sua vestaglia da combattimento.

«Io ti dico solo una cosa, gli errori se possono fa', la vita fino a un certo punto t'aspetta, ma da un certo punto in poi indietro non se torna più.»

È mio padre ad aver parlato. A parte le bestemmie, le offese e le maledizioni, meritate grammo a grammo, era da tempo che non mi rivolgeva parola. Annuisco senza mostrare dubbio alcuno, ma il primo a non crederci sono io, mi giro a prendere i vestiti, inizio a indossarli cercando di non mostrare i problemi di equilibrio che ormai ho invariabilmente da sobrio e da ubriaco.

Li lascio nel salone, intorno al tavolo, l'uno di fronte all'altra, immagino le parole che accompagneranno la mia uscita.

Tante volte mi sono chiesto cosa farebbero se venisse offerta loro la possibilità di tornare indietro, del tutto indietro, sino a quel 26 aprile del 1974, il giorno in cui sono nato.

È ancora buio, la piazza di Ariccia è completamente deserta, sul ponte giusto un paio di macchine dirette verso Roma. All'unico bar aperto un caffè doppio in tazza grande mi strappa di dosso quel poco di intontimento che m'era rimasto in corpo, poi via lungo l'Appia, deserta e bellissima, bellissima perché deserta. Arrivo in quarantacinque minuti esatti, per fare lo stesso percorso di giorno occorre almeno un'ora e mezza. I parcheggi attorno all'ospedale sono mezzi vuoti, tutto il Gianicolo pare disabitato, è marzo ma il freddo mattutino è ancora fastidioso, prima di entrare prendo un altro caffè al bar proprio fuori dall'ingresso.

Intanto, su tutta Roma, ecco alzarsi la luce, le chiese e i palazzi si riprendono i colori lasciati al buio, una magnificenza nasce sotto i miei occhi, un minuto alla volta. La bellezza senza sofferenza alcuna, non vorrei altro, invece bastano pochi secondi per riempirmi di una tristezza feroce, da testa a piedi.

Alle ore cinque e quarantasei timbro per la prima volta il mio cartellino, ci saranno una ventina tra operai e operaie, nessuno fa caso a me, il sonno troncato e incazzature varie, perlopiù legate a motivi di lavoro che comprendo a malapena, non lasciano a chi ho intorno il tempo di occuparsi anche del sottoscritto.

«Tie', gli spogliatoi so' dietro il Pronto soccorso, scendi la rampa e gira dietro il caseggiato, te li ritrovi davanti, i ragazzi della squadra stanno già sotto.»

È il capo operaio, Fabio, stavolta mi sorride, allunga verso di me una divisa nuova, i pantaloni e la giacca grigi, una polo a tre bottoni gialla con lo stemma della cooperativa.

«È la taglia più piccola, te dovrebbe sta' bene, pe' le scarpe antinfortunistiche devi aspetta', che so' finite.»

Con la divisa tra le braccia m'incammino verso gli spogliatoi, sfilo di fianco al DEA, il Pronto soccorso, già animato come fosse giorno pieno da infermieri e dottori, genitori in attesa, carrozzine da ogni parte, poi scendo per una lunga rampa, più in basso s'intravede un'entrata carrabile, due grandi portoni, davanti a uno di essi alcuni operai stanno scaricando generi alimentari. Sull'altro lato, accanto al cancello di entrata, vedo una piccolissima costruzione, una specie di casetta a sé stante, ha la porta aperta, dall'interno proviene una luce intensa.

Ho finito la rampa, ecco sulla sinistra il vialetto che dovrebbe condurmi agli spogliatoi, ma io sono troppo attratto da quella luce; se si potessero misurare gli istinti umani mi piacerebbe farlo con la curiosità: in me agisce con una forza incontrollabile, una pulsione vera e propria. Mi avvicino lentamente alla porta verde della casetta, essendo il Bambino Gesù un ospedale del Vaticano penso a una chiesa sempre aperta, una specie di luogo dedicato all'adorazione continua di Dio, o una cosa del genere, forse qualche opera d'arte da vedere.

L'interno ha una sola stanza abbastanza grande, appena entro il rosso della tappezzeria di velluto salta agli occhi, tutto ne è ricoperto con precisione assoluta, manca soltanto il soffitto.

Poi non capisco.

Vedo senza riuscire a decifrare, leggo qualcosa ma in una lingua che non conosco.

Al centro della sala una bambina, indossa un abito da prima comunione, ha i capelli alle spalle, castani. La bambina è in una cassa bianca, la sta provando per qualche motivo.

Questo è il primo pensiero che riesco a fare.

La bambina sta dormendo profondamente.

No.

Non dorme.

La bambina è nella cassa bianca perché è morta.

Un fischio nelle orecchie, le tempie accaldate, un improvviso sbalzo dall'incertezza allo stupore alla commozione, tenuta stretta fra le mandibole.

Io non sapevo che i bambini morissero, sì, muoiono, ma non così, come quello scandalo di bellezza e infanzia sfinita ai miei piedi.

A fianco della bara, come elementi arrivati chissà quando, metto a fuoco due figure: un uomo e una donna, gli occhi rapiti dalla bambina, non hanno nemmeno fatto caso al mio ingresso.

Un passo alla volta indietreggio, torno al giorno che si sta facendo, all'alba ormai dilagante.

Mi ritrovo in un angolo, tra due gabbie di ferro che contengono biancheria sporca, rimango lì a osservare il muro, ma è lei che continuo a vedere, il suo viso tolto alla vita, i capelli pettinati con cura, sento dolore al centro del petto e faccio fatica a respirare, con la polo gialla della divisa mi asciugo il viso, i capelli intrisi di sudore.

Aveva ragione mia madre, lei quando non ha ragione è solamente perché vuole avere torto. Questo posto non fa per me, qui dentro ci muoiono i bambini, e io non ce la faccio. Come in una specie di miraggio, mi ritrovo di fronte un bancone di bar, talmente lungo da non mostrare né inizio né fine. Sopra, ben disposti, in fila precisa, mille e mille bicchieri di bianco, tanti da ubriacare il mondo.

«Aò, te sei perso?»

È un uomo corpulento attorno ai quarant'anni, il viso reso ancora più squadrato dal pizzetto nero, porta la divisa della cooperativa, mi viene incontro, poi allunga la mano, gliela stringo senza fare nulla per nascondere la sciagura che ho appena visto: «Là dentro c'è una bambina morta».

Lo dico fissandolo dritto negli occhi, lui mi squadra, sembra volermi mettere a fuoco, sul viso gli compare un'espressione di sufficenza assoluta: «Embè, che t'aspettavi? È 'n ospedale pe' bambini mica 'n circo».

Resto in silenzio.

Vorrei dirgli che non c'è nulla di normale nella morte di un bambino. L'infanzia è quella terra da portare in dote negli anni a seguire, è quel poco di gioia che tocca vivere a noi umani, non il luogo in cui finire la propria vita. Ma la follia più grande di tutte è che il mio collega ha ragione.

Questo è il Bambino Gesù ospedale pediatrico, dove c'è malattia c'è anche morte, e qui dentro non tocca a ottantenni sdentati, a tossici, a gente colta dalla malattia ma con una vita spesa alle spalle, no, qui tocca ai bambini.

«Daje che c'aspettano l'artri.»

S'incammina verso lo spogliatoio senza mai voltarsi indietro. Dopo un lungo corridoio tra il muro di cinta e uno dei palazzi dell'ospedale, ecco gli spogliatoi.

Dentro una serie di armadietti, qualche sedia, la puzza di sudore fresca che si mischia a quella vecchia. Sulle sedie ci sono due ragazzi, il primo si tira su di scatto non appena entriamo, mi allunga la mano neanche fosse un'arma da brandire.

«Claudio, piacere.»

Non ha l'aspetto di un uomo delle pulizie, dai capelli alla barba fatta di fresco sembra appena uscito da un centro di bellezza.

L'altro ragazzo non si è mosso dalla sedia in cui se ne sta sprofondato, non sembra italiano, ha la pelle olivastra, gli occhi allungati coperti dagli occhiali da vista, alza una mano in segno di saluto, ispira lentezza anche solo a guardarlo, fa venire in mente un bradipo.

«Luciano.»

«Io so' Giovanni invece.»

L'ultimo a presentarsi è quello che mi è venuto a cercare, ha la faccia più incarognita di tutti, mi guarda a lungo. «Vedemo se te ricordi i nomi.»

Ci penso, con sufficiente sicurezza ripeto: «Giovanni, Claudio e Luciano». Lo dico indicando ognuno dei tre.

Giovanni sorride, mi dà una pacca sulla spalla: «Bravo, visto che è er primo giorno de lavoro offri er caffè a tutti». Mi indica un armadietto.

I miei tre colleghi parlano tra loro, scherzano tra loro, io non ho molto tempo da dedicargli, né d'offendermi più di tanto, la visione della bambina mi perseguita, il suo viso, quelli del padre e della madre, non posso fare a meno di immedesimarmi in loro, loro che hanno concepito, atteso, poi cresciuto e amato, per finire così, in quel modo infame.

Mi piacerebbe avere di fronte tutti quelli che criticano il mio atteggiamento, che lo bollano come autodistruttivo. La vita invece non lo è? Come sempre finisco col maledirmi, per come sono, per come vorrei essere. Perché la sofferenza degli altri deve interessarmi a questo modo? Perché non riesco a proteggermi?

Mi ridesto solo di fronte all'ingresso a vetri del Pronto soccorso, non mi ero ancora visto con la divisa addosso, così tutto grigio sembro un topo, mi guardo e mi riguardo. A parte una leggera pancia non mi faccio segnalare per nessuna anomalia particolare, almeno questo è quel che mi sembra, un ragazzo in tutto e per tutto normale; anche il mio stile di vita, di primo acchito, non è così evidente.

Entriamo nel bar accanto al Pronto soccorso, un altro l'ho visto a metà del vialone principale. Il bar in questione è una stanzetta tre metri per tre, la gente ci è stipata dentro in modo quasi disumano, tutti scherzano, si salutano, i miei tre colleghi di squadra conoscono tutti, dai camici bianchi agli infermieri alle suore, per ognuno un buongiorno, una battuta, una promessa di «sgrosso», che cosa signifìchi poco m'importa. Raggiungere il bancone è un'impresa, tiro fuori cinquemila lire, poi arriva il caffè, tracannato bollente.

C'infiliamo nel budello al piano meno uno, diretti da Fabio per le consegne del turno, così mi comunicano gli altri. Fuori dall'ufficio ci sono diversi colleghi, altra processione di saluti e battute, di promesse su questo o quel lavoro da fare. Ormai ho abbastanza elementi per dedurre che la "squadra" è una specie di team con superpoteri, supereroi alle prese con pulizie particolari. La missione che Fabio ci assegna è la pulizia delle vetrate della ludoteca, i miei compagni la prendono col sorriso, sembra in tutto e per tutto una passeggiata.

Le vetrate sono grandi non meno di cinque metri per cinque, lastroni enormi messi in obliquo, sul lato interno alcune vetrofanie di personaggi Disney e tracce di colore ovunque. Nella ludoteca, come pesciolini in un acquario, tanti bambini presi da giochi diversi, genitori, alcune persone in camice.

«I colori a spirito non sono un problema, ma quelli a cera ti fanno bestemmiare.»

È Luciano, il bradipo, ad avermi rivolto parola.

«Tu di dove sei?» La curiosità legata al suo colorito e ai suoi tratti è troppo forte.

«Sardo, Bosa Marina.»

Anche se non ho mai visto quel posto, il nome per me è di famiglia: «Mio nonno era di Bosa, ma io non l'ho mai conosciuto».

Quel remotissimo tratto in comune fa sorridere anche Luciano: «Bosa è meravigliosa». Lo dice con una nostalgia da far paura. «Ma là non c'è lavoro, i miei amici sono diventati tutti tossici.»

Annuisco, chissà cosa penserebbe del ragazzo che ha di fronte se conoscesse gli accadimenti che lo riguardano. Luciano si aggiudica il titolo di primo essere umano ad aver intrattenuto con me un dialogo degno di questo nome. Sarà per questo che Giovanni e Claudio mi mettono dietro a lui: io insapono i vetri con un'asta telescopica che finisce con un vello spugnato, lui passa la stecca lavavetri e li asciuga, i suoi movimenti sono rapidi e precisi. In breve l'enorme lastrone sembra non esserci più per quanto è pulito. Partiamo con il secondo vetro, ma ci distrae il trillo del telefonino di Giovanni. Subito dopo arriva Fabio, era lui che lo stava chiamando. I due parlottano, mi guardano insistentemente, mi sembra di vedere un ghigno sui loro volti, ma non sono sicuro.

«Hanno fatto un macello ai bagni dal lato del DEA, vai Danie'.»

Seguo Fabio interrogandomi sul «macello» che mi attende, entriamo in un palazzo molto vecchio in cui non ero ancora passato, il lungo corridoio è interrotto sul lato destro da una porta molto grande, la cappella dell'ospedale. Mi affaccio velocemente, dentro poche persone in preghiera, il crocifisso immobile ha per ogni lato due candele accese, alcuni mazzi di fiori freschi ai suoi piedi odorano l'aria. Quante domande vorrei fare a Cristo, la prima riguarda l'ultima cosa che ho visto, la bambina che mi porto negli occhi: a quale disegno d'amore potrà mai rimandare quella morte? Quale strada altissima, invisibile per noi umani, giustifica quella vita tolta dal mondo? Non c'è ragione possibile per quella morte d'innocente, non una che io riesca a capire.

Arriviamo di fronte ai bagni riservati al pubblico. Una ragazza della cooperativa ha messo il carrello di traverso per non permettere a nessuno di entrare, ha l'aria stanca ma il viso grazioso sembra non risentirne.

«A Fa', io nun ce l'ho fatta.»

Fabio annuisce, io e lui entriamo, basta mettere piede all'interno per essere azzannati da una puzza di merda paurosa, e siamo ancora nella zona dell'antibagno, quella dei lavandini.

«Prima c'erano du' barboni, quelli che dormono sulla scalinata qua sotto.» La ragazza ci offre questo dettaglio inutile senza rimettere piede dentro, poi sembra rendersi conto della mia presenza.

«Te devi esse quello nòvo, io so' Paola.»

Le dico il mio nome senza nemmeno voltarmi verso di lei,

intanto Fabio con un calcetto apre le porte dei bagni, una alla volta, sino alla penultima. Entrambi ci mettiamo immediatamente una mano sulla bocca.

Gli anni da debosciato mi hanno fatto dono di visioni infernali di ogni tipo, ma uno spettacolo del genere mi mancava. Un'esplosione di merda. La merda ricopre ogni angolo del bagno, fin sulle pareti a non meno di un metro, un metro e venti da terra. Fabio torna immediatamente sui suoi passi, io lo seguo, appena fuori respiriamo forte per toglierci dai polmoni, dalla gola, la puzza insopportabile, poi lui si dirige verso un tubo da giardinaggio poggiato a terra e lo attacca al rubinetto di uno dei lavandini.

«Tie', te faccio lascia' er carello da Paola così c'hai tutto.»

Mi lasciano lì col tubo in mano, di fronte a me il carrello pieno di detersivi e disinfettanti. Butto il tubo a terra, maledico quella giornata iniziata male e continuata peggio. Vorrei scappare, in fondo a me dei bagni pubblici invasi di merda dell'ospedale pediatrico Bambino Gesù cosa cazzo me ne frega? E se anche scappassi, quale reato commetterei? Niente di niente. Resto così per qualche minuto, mi accendo una sigaretta ma la butto subito dopo per un conato, la puzza è arrivata anche lì fuori, non voglio pensare dentro. Alla fine, non so bene perché, decido di restare.

Vado al carrello, prendo tre paia di guanti, ho le dita piene di ferite senza contare che mi mangio le unghie fino al sangue, infilo un guanto dopo l'altro, tre per ogni mano, poi incamero più aria che posso nei polmoni, infine entro.

Apro il rubinetto al massimo, dal tubo esplode un getto d'acqua violento. Arrivo al bagno maledetto dopo aver invaso d'acqua tutto, anche il soffitto, la cosa mi dà gusto, c'è qualcosa di vandalo, teppista nel modo in cui lo faccio, a distanza di sicurezza punto il getto verso il bagno incriminato, intanto, per respirare, mi porto l'incavo del gomito sul naso, in quel modo non sento quasi nulla. La forza dell'acqua si abbatte sulla merda, la scrosta, sono scosso dai conati ma riesco a non vomitare. Mi sento stranamente bene, forse ho trovato il lavoro della mia vita, scrostare merda di barbone dai bagni pubblici di un ospedale, soprattutto niente mi addolora più: in mezzo alla fatica e al sudore, alla puzza, riesco a dimenticarmi anche il volto della bambina.

Ora è il turno della candeggina, ne getto una tanica da cinque litri come fosse acqua santa, benedico l'intero bagno, dal mio destriero, il carrello delle pulizie, prendo uno scopettone e inizio a passarlo sui muri con tutta la forza che ho. Mi viene da sorridere, quegli stronzi di colleghi staranno ridendo di me, pensando a chissà quale fatica, quale impaccio stia trovando nella missione che mi hanno affidato, mai sottovalutare la forza e l'abnegazione degli squilibrati: io se voglio il bagno glielo pulisco così bene che ci possono mangiare per terra, gli faccio vedere io di cosa sono capace. Magari questa sarà la mia prima e ultima giornata qui dentro, ma di come ho pulito questo bagno se ne parlerà per secoli. Esco sudato fradicio, uno a uno mi sfilo le tre paia di guanti, per premio una bella Emmesse al sapore di candeggina.

Non passano neanche dieci secondi che arrivano gli altri della squadra in compagnia di Fabio, il loro sorriso in lontananza sembra confermare i miei pensieri.

«Finito, Danie'?» mi chiede Giovanni. Faccio un gesto con la testa come per dire "accomodatevi", loro entrano immediatamente. Non sento commenti, quanto è vero Iddio se hanno qualcosa da ridire sul lavoro che ho fatto lì dentro gli salto addosso, uno a uno.

Fabio è il primo a uscire. «Ammazza Danieli', che lavoretto, bravo.» Mi prende un braccio, me lo stringe. «Mo tutte le vorte che c'avemo un bagno invaso de merda sapemo chi chiama'.» Ride, poi escono gli altri.

«L'hai fatto torna nòvo, Danie'.» È Giovanni a parlare, sembra soddisfatto e niente altro.

«Visto che prima hai offerto tu, adesso tocca a noi.» Luciano parla e intanto si avvia al bar.

«Daje va', er caffè de metà mattinata ce lo offre Luciano.»

Il tempo mi è volato tra le mani: sono le undici passate, davvero sorprendente.

Arriviamo all'una dietro lavoretti di poco conto, spostiamo alcuni armadi al padiglione Salviati, poi è il turno degli scaffali da stringere al Ford, la suora che ci ha chiamati ricambia il favore con un caffè fatto con la macchinetta, sarà il mio quindicesimo da quando ho aperto gli occhi, ancora ubriaco.

All'una meno dieci Giovanni s'incammina verso gli spogliatoi, il turno è finito, è ora di cambiarsi. Mentre procediamo mi chiama vicino a sé.

«Nun so se te l'ha già detto Fabio o Antonio, comunque, noi lavoramo a turnazione fissa, a meno che non ce so' cose straordinarie, lunedì famo mattina, martedì e mercoledì la notte dalle ventitré alle sei, quindi domani fai la prima notte, er giovedì nun te sogna' riposi o recuperi, famo dalle due alle otto de pomeriggio, er venerdì s'attacca dalle cinque a mezzanotte, c'è lo sgrosso fisso del Centro prelievi, tutto chiaro?»

Faccio di sì, anche se quel bel discorso non so se mi riguarderà o meno. Intanto siamo arrivati alla rampa del DEA, giù in basso ecco scritto il secondo atto della mia sofferenza.

Un carro funebre. Le persone sono almeno un centinaio, passiamo proprio mentre la piccola bara bianca esce dalla casetta, portata in braccio da padre e madre. Devo fare finta di niente, fumare la sigaretta che ho in bocca come se tutto fosse normale, ma non so se ci riesco. Gli occhi mi frullano sui visi di tutti, poi si fermano su quelli di padre e madre.

I loro volti sono burroni profondissimi, immobili.

All'una e quattordici timbro il cartellino per uscire. La mia prima giornata di lavoro forse sarà l'ultima, ma ora m'importa poco di tutto. Ho solo la necessità assoluta di bere, devo svuotarmi il più possibile la memoria, dimenticare l'intera giornata.

C'è un tempo bellissimo, esco dal corridoio dell'ufficio con le mani nei jeans, inizio a selezionare mentalmente i vari bar di mia conoscenza a Roma, ne scelgo uno a Testaccio, un posto tranquillo, riparato.

Toc toc.

Un rumore di nocche battute mi arriva mentre sto camminando per il viale dell'ospedale.

Toc toc.

Proviene dal padiglione che ho davanti, inizio a cercare con gli occhi per individuarne la fonte.

Toc toc.

Scorro una a una le file di finestre che mi sovrastano.

Toc toc.

Alla fine trovo il padrone delle nocche che sbattono. Arriva a malapena alla finestra, è un bambino attorno ai dieci anni, i capelli scurissimi come la pelle, il naso aquilino, non ho dubbi sulla sua provenienza, certamente Sud America. Mi ci vuole qualche secondo per scorgere il tubo trasparente che lo tiene attaccato a una flebo.

Io e il ragazzino ci guardiamo, poi lui mi indica, vedo le sue labbra scandire lentamente qualcosa, inizialmente non capisco. Poi sì. Il ragazzino, una sillaba alla volta, mi sta dicendo «COR-NU-TO», per togliere qualsiasi dubbio stringe la mano destra a pugno lasciando ben dritti l'indice e il mignolo. Poi torna serio, a fissarmi.

Lo lascio lì alla finestra, m'incammino, più sbalordito che altro.

7

Mi risveglio come allo sparo di una gara di velocità, ho il respiro corto e la sensazione tremenda che non mi basti. Ci vuole più di qualche minuto per recuperare un minimo di normalità, e per capire dove mi trovi.

Non mi sono risvegliato nel mio letto, ma nel parcheggio dove ho lasciato la macchina più o meno cinque ore fa, proprio di fronte a me ho il Monte dei Cocci di Testaccio.

L'ultima cosa che ricordi è proprio la macchina da cui sono sceso, lentamente anche altri frammenti affiorano, il viso sorridente del barista, lo stesso viso avvelenato dalla rabbia mentre mi caccia fuori dal bar. Altro non ricordo.

Sono le nove di sera, scendo per sciacquarmi il viso a una fontanella, subito mi aggredisce un crampo violentissimo allo stomaco, nelle ultime ventiquattro ore ho mandato giù solo caffè e vino. Mangerò a casa, anche perché in tasca non ho più neanche cento lire.

La casa sembra già dormire, ma ai miei basta il click dell'interruttore della luce per scendere in cucina. Mia madre non dice nulla, va al frigorifero e tira fuori un piatto coperto con un altro piatto: «Questo era quello che t'avevo lasciato pe' pranzo».

Me lo mette sul tavolo senza dire altro, mi siedo cercando di nascondere le mani e le braccia, le parti del corpo che meglio testimoniano i tremori.

«È andata benissimo, m'hanno fatto stare di più per un lavoro urgente, tanto me pagano pure gli straordinari.» Non so quanto sia credibile, ai miei però non sembra interessare, segno evidente che la recita non è andata a buon fine. Mi lasciano da solo con il mio piatto di prosciutto e formaggio. Divoro tutto in breve, cerco in giro qualcosa da bere, qualsiasi cosa, qualche settimana fa mi sono attaccato a una bottiglia d'amaro a forma di albero vecchia almeno di vent'anni, il ricordo di una gita o qualcosa di simile. Ma non c'è nulla, e in realtà non avevo dubbi, dentro questa casa sarebbe più facile trovare una pepita d'oro che un liquido a gradazione alcolica.

Intanto i dolori per la giornata di lavoro si fanno sentire, ho braccia e gambe indolenzite a morte.

Passo da mia madre, al ricatto «o esco o Tavor» cede quasi subito. Sciolgo la pasticca sotto la lingua, l'amaro della chimica mi piace, da sempre, e poi una sostanza sciolta in bocca impiega molto meno tempo a entrare in circolo.

Ma non dormo subito, la bambina torna a visitarmi appena mi metto a letto. Nella mente le parole si fanno insistenti, plastiche, sono mesi e mesi che non scrivo, che non leggo, nemmeno ai tanti amici sparsi per l'Italia, non scrivo più a nessuno. Il sonno arriva sulle parole "bianca", "comunione", poi buio.

Fino a diciotto anni ho giocato a pallone, ero un terzino mediocre, tecnicamente dotato ma lento, oltre ai giocatori avversari dovevo fronteggiare un altro nemico, il pubblico: bastava una sola persona sulle gradinate a rendermi ancora più impacciato. È da quegli anni che non provo un dolore simile, tutti i muscoli mi bruciano, dai polpacci alle spalle, non parliamo delle braccia, le mani. Vorrei uscire per un giro, per bere, ma proprio non ci riesco. Resto a vegetare per casa, ogni due ore ingoio un antinfiammatorio, da lontano sento mia madre osservarmi, non parla, ma la sento.

È pranzo, l'una di fronte all'altro, lei con lo sguardo al piatto fumante, io immagonito dalle ore vuote che ho trascorso.

«A che ora attacchi stasera?»

Mia madre non alza gli occhi per chiedermelo, dalla notte in cui ci siamo ritrovati io e lei sul ponte è diversa, sembra quasi vergognarsi di fronte a me, forse per come l'ho vista in quei momenti, la sua determinazione, la voglia di finire tutto. Alla sua domanda non rispondo. Non voglio tornare in quel posto, la mattina di ieri mi è bastata e avanzata.

«Veramente...» Devo trovare le parole giuste per dirglielo, non so come prenderà la mia decisione, mi viene in mente il cesso che ho pulito, quando le racconterò lo schifo che mi è toccato affrontare sono sicuro che accetterà felice il mio ritiro dalla scena dell'ospedale.

«Ieri ma', non sai che schifo, m'hanno fatto puli' un bagno.»

Lei alza la mano per interrompermi. «Stiamo a pranzo.»

È vero, non è il caso di proseguire. Quell'informazione troncata a metà, però, le provoca un moto, qualcosa, resta con la forchetta sospesa in aria. «E tu sei stato bravo?»

Mia madre quando sorride è ancora bellissima, era da tanto che non gliene vedevo sorgere uno sulla bocca, anche se questo non è un sorriso pienissimo. Continuo a mangiare, ma so che lei mi sta aspettando.

«Sì ma', so' stato bravissimo, m'hanno detto che si vede che ho preso seriamente quel posto. Comunque attacco alle undici di stasera.»

Improvvisamente mia madre si alza, va al piano della cucina, quando torna stringe in mano un piccolo oggetto, lo poggia al centro del tavolo, accanto al mio bicchiere.

«Guarda a sistema' l'armadio che ho ritrovato.»

Un oggetto rosa scuro, annerito da una parte. A fendenti, nella mente prendono vita immagini del mio passato. Io piccolo con una carriola e una pala. Sempre io immerso in una buca profondissima, le mani sanguinanti per le vesciche.

Quella è la testa di una statuetta, il primo tesoro ritrovato nella mia carriera di cercatore. Intatto, enorme, rivivo lo stupore del momento in cui me la ritrovai in mano, ancora sporca di terra. Ricordo le urla verso mia madre, la sua meraviglia che abbracciò la mia. Sognammo io e lei per un pomeriggio intero, ricostruimmo la storia di quella testa di statuetta, il suo viaggio periglioso nel tempo, dall'antica Roma a oggi, arrivammo a immaginare le preghiere rivolte a quella divinità, i visi di chi le si prostrava davanti in cerca d'aiuto.

A sera la facemmo vedere a mio padre, lui la soppesò, si mise controluce a guardarla, poi prese il suo accendino, avvicinò la fiamma al nostro tesoro.

«È materiale plastico, purtroppo» mi disse, mentre la testa della statuetta, dal lato colpito dalla fiamma, diventava da rosa a nera. Quella sera tutti, compresi mia sorella e mio fratello, vivemmo la delusione per il mio tesoro retrocesso a plastica dura, io non riuscii a parlarne per giorni interi.

Ma non mi diedi per vinto. Quello fu solo il primo ritrovamento di una serie infinita. Ho sempre cercato e continuo a farlo.

Ancora indolenzito a morte, con lo stomaco sofferente per gli antinfiammatori, alle ore ventidue e quarantasei timbro il cartellino per il mio primo turno di notte.

Non c'è Fabio ma l'altro capo operaio, un cubo di carne umana più largo che lungo. «Antonio, piacere.» Mi stringe la mano quasi stritolandomela.

Non aggiunge nulla, tantomeno io, a parte il mio nome.

Fuori dall'ufficio sento il rumore della macchina timbratrice, una donna attorno alla cinquantina si affaccia, mi scruta da testa a piedi. «Tu devi esse quello nòvo.»

Meccanicamente annuisco. «Sì so' quello nòvo, Daniele.»

«Io invece sono Marianna» mi risponde continuando a scrutarmi, si ferma all'altezza dei piedi. «Te l'hanno detto che non ci sono le scarpe antinfortunistiche.»

Annuisco ancora.

«Te lo risolvo io, sei iscritto al sindacato?»

«No.»

«Mo devo anda' via, domani pomeriggio te faccio firma' i documenti.»

Non so se è per via dell'atteggiamento sfrontato, o per l'impostazione della voce, ma la trovo insopportabile, ha qualcosa di militaresco, di intransigente. «Per le scarpe antinfortunistiche devo firma' dei documenti?»

Lei mi guarda come un demente. «Ma no, per iscriverti al sindacato.»

«Quanto costerebbe?»

«Sessantamila lire al mese e c'hai tutto, pure la copertura legale in caso de vertenze.»

«E se io invece volessi solo le scarpe?»

Marianna resta in silenzio, alza le spalle, dagli occhi le esce una cattiveria vista raramente addosso a un essere umano. «Se vuoi solo le scarpe non c'è problema, àrmate de tanta pazienza.»

Io le sorrido sfacciatamente. «Non c'è problema, intanto c'ho queste, Nike, un guanto.»

Marianna se ne va indispettita, Antonio mi guarda stupito. «Se vede proprio che sei nòvo, quella è 'na jena, sta' in campana.»

La casetta dove ho visto la bambina è deserta, del dolore che si è consumato qui ieri mattina non c'è traccia, a parte qualche fiore delle tante corone. Ne prendo uno tra le mani, inizio a carezzarlo lentamente, poi lo lascio accanto alla porta verde. Io so piangere in tanti modi, da quelli più sconvolti ai più riservati, quasi invisibili. Come ora. A parte le lacrime riesco a dominare il viso, a ordinargli di non storcersi per niente al mondo. Prima di entrare negli spogliatoi mi asciugo gli occhi con attenzione.

Dentro, oltre ai compagni di squadra, ci sono altri ragazzi, mai visti. Il primo a presentarsi è Carmelo, ha la faccia simpatica e un enorme lupetto della Roma con collana d'oro; poi è il turno di Amir, in coro quasi tutti mi dicono che è un egiziano "pizzettaro", il giorno, infatti, fa la pizza a taglio a Lunghezza, dove vive.

L'ultimo a presentarsi è Stefano, è il più silenzioso, schivo, ci stringiamo la mano e all'istante ne capisco il motivo. Io e Stefano abbiamo un tratto che ci lega, una specie di parentela, un sangue in comune. Il mio si chiama alcol, il suo è l'eroina. Il mio può essere occultato, taciuto, il suo no, gli esplode negli occhi, nel viso secco. Carmelo, Amir e Stefano sono colleghi a turno fisso, fanno il pomeriggio lungo, ognuno ha un compito preciso, sono gli angeli custodi dei tanti viali che compongono l'ospedale.

Stefano è il primo ad andarsene, giusto un saluto a mezza bocca, poi esce velocemente.

Carmelo non sembra più così simpatico, guarda in direzione della porta. «'Sto fattone de merda» dice schifato, tutti gli altri annuiscono, anche Amir. «Ma se un domani se fa male e tocca soccorelo, diteme voi, io nun lo tocco, manco sotto tortura, quello c'ha epatite C e HIV come minimo.»

Cerco di distrarmi dalle cattiverie su quel ragazzo, con calma mi spoglio e rivesto. I commenti su Stefano continuano, per fortuna Carmelo e Amir se ne vanno a casa.

Se loro hanno finito, noi abbiamo appena cominciato.

In dote per quella notte abbiamo il day hospital di Cardiologia da "sgrossare". Al nostro magazzino degli attrezzi prendiamo aspirapolvere e aspiraliquidi, poi è il turno della monospazzola, finalmente ho modo di vederla, una specie di lucidatrice di ferro pesante con in fondo un disco abrasivo durissimo.

Claudio offre il primo caffè della serata alle macchinette automatiche, a quest'ora i bar dell'ospedale sono chiusi; dalle battute, soprattutto con Giovanni, capisco che ha una relazione con una collega, oltre ad avere una moglie e una figlia a casa.

Il day hospital di Cardiologia sarà grande almeno trecento metri quadri, ambulatori su ambulatori, la sala d'attesa doppia, un corridoio di studi medici con almeno altre sei, sette stanze. Inizio a lavorare ripetendo il rito di ieri mattina: per proteggere le mani tre paia di guanti, uno sopra l'altro.

Per prima cosa dobbiamo togliere tutto da terra, dalle lampade ai cestini, le sedie, i lettini per le visite, tutto. Solo per finire questa operazione impieghiamo un'ora e mezza, le mie poche energie finiscono quasi subito, restano soltanto i dolori sparsi. Io e Luciano veniamo destinati allo "spolvero alto", mentre Giovanni e Claudio si occuperanno del pavimento. Dal pacchetto di Emmesse, mezzo accartocciato, tiro fuori l'ultima sigaretta, l'accendo.

«Nessuno t'ha parlato del fumo?» mi chiede Giovanni.

«No, perché?»

«Qui dentro è vietato pure all'aperto, naturalmente fumamo tutti, ma fa' attenzione, non te fa' becca' da nessuno, un collega un anno fa l'hanno cacciato pe' 'na sigaretta.»

Resto sorpreso. «Licenziato per una sigaretta?»

Giovanni annuisce. «Il presidente dell'ospedale odia il fumo, e quer poraccio è entrato nell'ufficio suo co' la sigaretta in bocca, anzi quanno lo vedi buongiorno e buonasera. Non l'hai mai visto ancora?»

«No.»

«Mejo.»

Luciano e io iniziamo a spolverare sugli armadi, chili e chili di polvere indurita, Claudio invece inonda d'acqua e decerante il pavimento, è il turno di Giovanni con la monospazzola, la mette in moto, subito il disco abrasivo inizia a girare vorticosamente sul linoleum. Giovanni la tiene con grande facilità, ma si capisce che la cosa è molto difficile, basta pochissimo per farla scivolare via sull'acqua.

«'O vedi Danie'» mi fa lui. «Basta poco e te schizza via, se non stai attento e non la sai porta' te potrebbe fini' sulle gambe, questa in un secondo te le spezza.» Giovanni torna al lavoro, io resto a guardarlo, il suo atteggiamento sembra leggermente diverso da ieri, come le sue parole, ora più che altro pare volermi insegnare.

Alle due esatte Claudio passa la prima mano di cera, sembra un pittore alle prese con un pavimento da dipingere, oppure un maestro di qualche disciplina orientale, i suoi movimenti sono lenti e precisi, non un millimetro di superficie deve rimanere scoperta. Claudio finisce in quaranta minuti, ora non ci resta che aspettare l'asciugatura della cera.

I miei compagni se ne vanno a mangiare negli spogliatoi, io, invece, resto lì in giro, devo prendere un antinfiammatorio, me ne andrò verso una delle tante macchinette sparse per l'ospedale alla ricerca di una merendina, o dei biscotti, giusto qualcosa di solido da buttare giù prima della medicina, anche perché non ho pensato a portarmi da mangiare.

Passeggio per il viale esterno che collega i vari padiglioni, in giro pochissima gente, qualche camice bianco, quasi tutte le finestre rimandano una luce tenue, alcune invece sono accese, s'intravedono movimenti, persone. La passeggiata mi permette di costruirmi nella mente quel luogo, uno a uno inizio a conoscere per nome i vari padiglioni che lo compongono, Salviati, Ford, Spellman, Sant'Onofrio, Pio XII. Arrivo al Sant'Onofrio, i distributori automatici sono in una zona poco illuminata, dentro c'è rimasto poco o nulla, alla fine m'accontento di un tè caldo.

«C'hai 'na sigaretta per caso?»

Per lo spavento faccio un salto, contemporaneamente mi ritraggo, nella penombra non riesco a vedere niente. Inizio a cercare il padrone di quella voce. Lentamente metto a fuoco un ragazzo, avrà al massimo quarant'anni, ha la barba di qualche giorno, i capelli rasati ai lati, è uno dei tanti "pelatini" che incrociavo nelle discoteche, li riconoscevi dai capelli rasati e il bomber, oltre che dalle simpatie più o meno esibite per il fascismo. Come me, è cresciuto poco e male.

«Scusa, me so' finite e a quest'ora nun so dove annalle a cerca'.» Gliene passo una dal pacchetto, con l'occasione me ne accendo una anche io.

«Lavori qui dentro?»

Annuisco, anche se con la divisa addosso non ci vuole un genio per capirlo. «Tu?»

Lui sorride, tira una lunga boccata dalla sigaretta.

«Io c'ho mi' fijo.»

Restiamo in silenzio, a breve devo tornare al day hospital per riprendere il lavoro.

«Sei mesi fa torna a casa con un dolore ar piede, quello nun se sta mai fermo, tra er pallone e la piscina, l'amichetti, e chi a quell'età nun c'ha avuto dolori? Io me so' rotto 'e dita 'na decina de vorte.» Dà un'altra lunghissima tirata, la brace della sigaretta gli illumina per un istante il viso. «E invece quer dolore non je passa, passano i giorni, 'e settimane, 'a pediatra nemmeno voleva faje fa' 'na lastra, e invece.» Un singhiozzo lo prende di sorpresa, fa di tutto per dominarsi. «E invece mo è tanto se je lasciano 'a gamba dar ginocchio in su.»

Ora nulla può fare, il pianto se lo trascina via, lo piega su se stesso senza pietà. Sto al fianco di un ragazzo che non conosco, di cui nulla so a parte la disgrazia che in questo istante lo sta stritolando a mezzo metro da me. Vorrei fare qualcosa, dire qualcosa, ma sono incapace di compiere qualsiasi gesto, di pronunciare una parola che sia una. Un ultimo tiro alla sigaretta, un «grazie» pronunciato con un filo di voce, il pelatino cresciuto sparisce su per una scala.

Resto lì, nella penombra, con una mano mi stringo la

fronte, gli occhi, poi m'incammino, un senso di stordimento, d'immensa inadeguatezza mi fa sentire piccolo di tutto, d'età, d'altezza, un bambino alle prese con disgrazie sentite sino a ora solo di sfuggita, evocate come incubi ma sempre da lontano, come un maremoto, qualcosa di possibile e allo stesso tempo remotissimo.

Ritorno nel day hospital di Cardiologia, i miei compagni sono arrivati prima di me.

«Oh, che hai visto, un fantasma?» È Luciano nel suo italiano misto sardo a chiedermelo. Giovanni e Claudio, ognuno con un posacera, hanno già iniziato a dare la seconda mano.

«Una specie» gli dico, mi avvicino il più possibile a lui. «Ho incontrato il padre di un bambino, s'è messo a piangere.»

Luciano mi guarda. «A queste cose ci devi fare il callo il prima possibile, sennò ti fai male.»

Ora sono io che guardo lui, non c'è ironia in quello che gli rispondo: «E come si fa? Tu ce sei riuscito?».

Luciano si accende una sigaretta. «Sì che ci sono riuscito, ci devi riuscire per forza.»

Giovanni e Claudio finiscono la seconda mano, si buttano su alcune panche per riprendersi dalla fatica. Tocca a noi. Iniziamo dalle stanze più lontane, Luciano tasta la cera, è perfettamente asciutta, possiamo iniziare a rimettere tutto a terra.

Sono le cinque meno dieci, il day hospital di Cardiologia sembra sia stato appena inaugurato, è perfetto, lucido da testa a piedi.

Svuotati dalla stanchezza, camminiamo verso gli spogliatoi. Un braccio mi si poggia sul collo, è Luciano, mi sorride.

«Stanco, eh? Mo ci vuole il letto, certo se ci fosse dentro una che t'aspetta...»

«Parli con la persona sbagliata, nun me ricordo manco più come se fa.» Gli occhi di Luciano si fanno piccoli piccoli, un bradipo di colpo infojato. «Qui dentro, se ci sai fare, tra le colleghe e tutte le infermiere...» E sbatte le labbra come sentisse chissà quale sapore.

«Tu? C'hai un bel giro?»

Luciano non si aspettava questa domanda, prima di rispondere ci pensa, di colpo è intimidito: «Io no, mai, poi non saprei nemmeno dove portarle, abito con uno zio prete, in pensione».

«Tutta vita, insomma» gli dico con tono scherzoso.

Luciano con amarezza annuisce: «Sì, proprio tutta vita».

D'istinto lo prendo sotto braccio. «Non te preoccupa', semo in due.»

Durante il ritorno a casa, come fosse la prima volta sulla faccia della Terra, vedo il sole sorgere con la sua potenza di luce, lenta, inarrestabile.

Dall'Appia i miei Castelli si offrono per quanto sono belli, una striscia di paesi tra verde e cielo. Ci sono momenti, i pochi sereni, in cui il mio sguardo non è esterno a ciò che vede, è come se la bellezza lo accogliesse in lei, e lo proteggesse.

I miei sono già svegli, mio padre specialmente non riesce a stare a letto oltre le quattro di mattina, se ne sta seduto al tavolo, una tazzina di caffè e l'immancabile *Settimana enigmistica*, mia madre, invece, la sento al piano superiore, quello delle stanze, già nel pieno del suo lavoro.

Mi siedo accanto a mio padre, lui non stacca gli occhi dalla pagina. «Come va?»

«Bene, stanco ma bene.»

Soltanto ora alza lo sguardo dalle parole crociate, lui ha la fortuna d'avere gli occhi celesti. «Non me dici altro?»

Gli rubo un sorso di caffè, vorrei dargli una risposta il più corretta possibile, invece mi esce solo la verità. «È faticoso, ma non è tanto la fatica, in due giorni ho visto una bambina morta e un padre che s'è messo a piange per il figlio, davanti a me.»

Il dialogo finisce lì, dopo qualche minuto mio padre si alza, porta la tazzina nel lavabo.

«Strano, eh? C'è gente che cerca d'ammazzasse e gente che vorrebbe vive, e invece.»

È tornato a parlare senza guardarmi, poi si chiude in bagno.

È il momento di una bella doccia calda. Per quanto me le insaponi, le mani continuano a puzzarmi di candeggina, me la sento anche in gola, nel naso.

I miei problemi con il sonno me li porto dall'infanzia, da bambino mi piaceva osservare gli altri dormire, mi sentivo il loro protettore, l'angelo mandato a vegliare. Il paradosso che mi tocca è che non c'è un rapporto logico tra il corpo e la mente, anzi, più mi stanco più i nervi entrano in ballo, sostituendosi a ogni altra fonte di energia, sono loro che mi sostengono. Mi sarei dovuto addormentare appena poggiato sul materasso, invece non riesco a farlo, mi giro e rigiro, il corpo è stanco ma la mente no, mai, mi tartassa d'immagini, di pensieri, e con il lavoro all'ospedale ne ha trovate di strade, scorciatoie, per ricaricarsi a dovere. Come al solito è il Tavor di mia madre a salvarmi, lei lo prende da tanto, la malattia del sonno è un suo dono insieme alla nascita, come l'ansia, e tanto altro. Lei lo ereditò da mia nonna, probabilmente mia nonna da sua madre, e così via, un albero genealogico di nevrosi, con radici profonde quanto il tempo.

Mi risveglio alle quattro di pomeriggio, non bevo da quasi ventiquattro ore e la frenesia mi fa schizzare dal letto. L'attesa che anticipa le bevute, che vuole essere finita nel primo bicchiere, mi esalta sempre con gli stessi argomenti, speranze ambigue. Mi dice ogni volta che quella bevuta sarà la più bella di tutte, che accanto a me ritroverò una bella fica disposta a ogni umano divertimento, che tutto filerà liscio, senza pericoli di risse, polizia o altro. Anche con la cocaina era così, e più indietro con ogni altra sostanza. Ormai ho anni di esperienza sulle spalle. Ormai so. In quell'attesa si nasconde il male, quelle sono le sue armi di seduzione per farti cadere nella trappola. Il peccato. Come un venditore di tappeti che vuole mettertene uno nel salone, bravissimo a portarti dalla sua parte, a conquistarti, per poi venderti un pezzo di stoffa intrecciata senza nessun valore.

«Non te sogna' de usci' pe' beve.»

Mia madre è seduta sul divano accanto alla porta di casa, chissà da quanto mi sta aspettando.

«Più tardi riattacchi, come te presenti? Usi macchinari, sei libero de fatte male e te ne fai tanto, ma lavori co' altre persone, se fai male a qualcuno come la metti? C'hai pensato?»

Potrei uscire di casa senza starla a sentire come ho fatto per anni, così, semplicemente, ma una serie di flash m'inchioda nel salone, vedo Luciano morto per colpa mia, mia madre spappolata ai piedi del ponte, io con a disposizione una morte soltanto.

La trattativa è estenuante, alla fine arriviamo all'accordo. La bistecca che ingoio prima di uscire è innaffiata da mezzo bicchiere di bianco, anzi, poco meno. Intanto mio padre è tornato dal lavoro, gli occhi gli vanno alla bottiglia a centro tavola, bestemmiando si chiude in bagno.

Mia madre mi ha partorito a trentatré anni, tanti ne ha d'esperienza più di me. Prima d'uscire mi fa giurare, uno a uno, sulla vita di tutti i miei familiari che non berrò fino all'arrivo in ospedale.

Esco convinto del mio giuramento, ma ogni bar che incrocio incrina di un millimetro la mia sicurezza. Riesco ad arrivare sull'Appia Pignatelli, un chilometro alla volta resisto fino al Lungotevere. Poi un bar a tre vetrine, bellissimo, disabitato, come piacciono a me. Sono le ventuno e trentacinque, è anche presto, per le ventitré troppo tempo deve passare.

Lascio la macchina in doppia fila, il sorriso bellissimo del barista mi accoglie.

8

Invece del mio bianco ho scelto qualche Ceres, per un ragionamento sbagliato in partenza: speravo che la gradazione più bassa mi risparmiasse dalla dimenticanza. A questa
teoria ho creduto, sbattendoci la faccia, almeno un centinaio di volte. Il corto circuito è presto spiegato: a minor
gradazione rispondo con maggiore quantità, ed ecco fatto. Non sono completamente perso ma poco ci manca, cerco di dominarmi, di riprendermi, l'unico modo è riposare,
una mezz'ora ce l'ho ancora.

Sono le undici e trentacinque quando mi sveglio acco-
vacciato in macchina, devo ringraziare un tamponamento
al semaforo tra Lungotevere e via Arenula. Ancora impasta-
to con l'alcol provo a scendere, faccio qualche passo, quanto basta per rendermi conto che sto in piedi a fatica. Trentacinque minuti fa avrei dovuto attaccare al Bambino Gesù.
Troverò una scusa, quella che ho usato già tante volte, è lo
sciroppo per il raffreddore. «Mannaggia a me, ho esagerato.» Ecco spiegata l'alterazione.

Quando prendo il cartellino in mano mi accorgo che è già
timbrato, alle dieci e cinquantasei. Per fortuna in giro non
c'è nessuno, caracollando vado negli spogliatoi, ma sono
deserti. Con la prima busta paga mi ricomprerò un telefo-

nino, ne avevo uno ma è andato in sacrificio durante una delle mie nottate.

Inizio a girare per i viali alla ricerca di qualche collega, qualcuno a cui chiedere che fine abbiano fatto quelli della squadra, ma devo camminare piano, controllare ogni gesto, se volto la testa velocemente mi prendono le vertigini, barcollo. Tutti quelli che incontro sembrano rendersi conto del mio stato, in quella terra di mezzo tra sobrietà e ubriachezza la fobia sociale fa quel che vuole. Tengo gli occhi fissi a terra, ma gli sguardi altrui mi divorano.

Toc toc.

So già dove guardare.

Lui è lì, la sua è l'unica finestra accesa, in mezzo a file di buio assoluto.

Ci guardiamo a lungo. Toctoc si esibisce nel solito spettacolino che tanto lo diverte.

COR-NU-TO.

Poi parte con la mano a corna, questa volta sventolata.

Mi guardo intorno, non c'è anima viva, e sono sufficientemente brillo.

COR-NU-TO SEI TU. Sventolo il pugno con le due dita dritte, esattamente come ha fatto lui. Mi riguardo subito intorno, non un testimone.

Restiamo a fissarci non so per quanto tempo. Lo lascio lì.

Padiglione dopo padiglione, alla fine riesco a trovare i miei tre compagni. Sono al Ford, stanno pulendo alcune pareti in tinta plastica, mi vedono arrivare senza fare un commento.

«Scusate ma so' stato male fino a due ore fa, pe' rimetteme in piedi me so' finito 'na bottiglia de sciroppo, mo sto meglio ma me sento mezzo brillo» dico recitando la mia parte, ma nessuno dei tre mi dà soddisfazione, continuano a lavorare come niente fosse.

«T'avemo timbrato noi, mo pija 'na spugna e inizia a puli' 'na parete.» Eseguo senza dire nulla, prendo una spugna nuova, la immergo nei secchi pieni d'acqua e detersivo, imito gli altri: sono in piedi su alcune panche che hanno preso dalla sala d'attesa, anche io provo a salirci sopra, ma come stacco il primo piede da terra cado all'indietro, la culata sul pavimento fa tremare le pareti.

«Vojo proprio vede' quando me danno le scarpe antinfortunistiche, queste da ginnastica non so' antiscivolo.» Cerco di trovare un poco di equilibrio, di coordinarmi al meglio, poi ritento, questa volta ce l'ho fatta, mi ritrovo sulla panca con la faccia verso il muro. Allungo il braccio per iniziare a pulire, ma come lo faccio una vertigine mi fa perdere il controllo. Cado, ma riesco ad atterrare su un fianco, sbatto la spalla, in modo leggero, per fortuna.

Giovanni e Claudio si precipitano su di me, mi raccolgono mentre Luciano resta a guardarmi.

«Grazie, ma tra scarpe e sciroppo...»

«'O sciroppo sa de bira?» Giovanni mi sta a dieci centimetri dal viso. «Senti, stasera c'è sartato lo sgrosso al primo piano e c'avemo da fa' tutte cazzatine, vattene giù allo spojatoio, riposate, ma t'avverto, a me de sciroppi non me devi parla' più, io 'a prossima vorta te pijo a schiaffi davanti a tutti, qui nun se scherza.» Faccio di sì con la testa, ma Giovanni non si allontana. «Qui basta poco pe' casca' da 'na finestra, o pe' rimane' fregati co' l'arta tensione, qua dentro c'erano 'n sacco de persone che volevano er posto tuo, noi avemo fatto finta de gniente, ma se devi fa' pure lo stronzo no, dimme che hai capito.» Ora sono tutti e tre a guardarmi male.

«Sì, ho capito. Scusate.»

«Mo vattene a riposa'.»

Riprendono a lavorare senza guardarmi più.

Il profumo di caffè mi arriva dal naso al cervello, è Luciano, mi allunga il bicchierino mentre con un po' di fatica mi tiro su dalle due sedie che avevo usato come letto, nello spogliatoio ci sono anche Giovanni e Claudio. Nessuno fiata.

«Che ore sono?» chiedo a Luciano.

«Le cinque e venti.»

Inizio a cambiarmi, come gli altri, ma quel silenzio, il senso di colpa, mi fanno un male insopportabile.

«Raga', scusate, ieri sera ha fatto il compleanno mi' cugino e ho esagerato. Me vergognavo a di' la verità. V'assicuro che è la prima e ultima volta.»

Ma nessuno mi fila, poi è Giovanni a girarsi verso di me, intanto si è cambiato, ora è in jeans e maglione, mi guarda in maniera durissima: «Me dispiace dittelo, Danie', ma quarche spione è annato alla direzione sanitaria e ha detto tutto, er regolamento parla chiaro, mo t'aspetta la sospenzione dalla cooperativa, c'è pure er rischio che l'ospedale te faccia causa, io ho tentato de difendete ma nun ce so' riuscito».

Un'ondata d'ansia tremenda mi sale dai piedi, penso alla figura che farò con Davide, si è impegnato per me ed ecco il risultato.

«Per quale motivo? Non è successo niente.» Sono disperato, mi risiedo sulla sedia, Giovanni invece resta in piedi.

«Noi mo se n'annamo, ma te devi rimane', alle dieci ariva er capoarea co' la lettera de sospenzione.»

Mi porto le mani al viso, non una, non una cosa riesco a fare in questa cazzo di vita. Intanto Giovanni è tornato al suo armadietto.

«'A sentite pure voi 'sta puzza de merda?»

L'esplosione di risate mi coglie mentre sto ancora con le mani sul viso, apro gli occhi e vedo i tre stronzi paonazzi, piegati sulle gambe.

«Mamma mia s'è cacato sotto.» Solo questo riesce a dire Giovanni.

«A Lucia', apri 'a finestrella che c'è 'na puzza de merda qui dentro» gli fa eco Claudio. Luciano non infierisce, anche perché non ci riuscirebbe, si è seduto, gli occhi colmi di lacrime per le risate. Avrò senz'altro un'espressione da deficiente, guardo a turno tutti e tre, dal profondo del cuore mi esce un «ma annatevene affanculo» grosso come una casa.

Dovrei incazzarmi, attaccare quegli stronzi al muro, invece inizio a ridere pure io.

«Bastardo.»

Giovanni per tutta risposta mette su due occhi luciferini. «Questo 'o metto ner curiculum tra i dieci scherzi mejo riusciti.»

Siamo arrivati giusti giusti alle sei, il tempo di timbrare, di vedere i colleghi pronti per il loro turno, ancora insonnoliti, silenziosi. In ufficio ritrovo Fabio, al suo fianco c'è un uomo con una divisa nuova tra le braccia.

«Ragazzi, 'n attimo d'attenzione, lui è Celso, attacca oggi.» Facciamo un cenno di saluto al nuovo arrivato che sorride con imbarazzo, ai suoi occhi io sono uno del gruppo, non sa che tre giorni fa stavo al suo posto.

Fabio, subito dopo, mi viene incontro.

«Danieli', famme un favore, poi anda' co' Adriana al villino, je dai 'na mano cinque minuti.»

«Come no.»

I miei compagni di squadra mi salutano.

«Ai colleghi maschietti che se stanno pe' anna' a cambia', 'n attimo d'attenzione, v'avverto che dentro allo spojatoio c'è un po' de puzza ma non ve preoccupate.» Luciano e Giovanni riprendono a ridere, poi Claudio, alla fine io.

«Stronzi» mi esce a mezza bocca, mentre tutti gli altri ci guardano senza capire.

Giovanni mi dà un'ultima occhiata, passa dal riso alla serietà in un attimo. «Pe' quell'artra cosa se semo capiti, vero?»

Gli faccio di sì, anche se non so come farò, in ballo c'è l'alcol, non uno scherzo ben riuscito.

Adriana avrà una sessantina d'anni, è una signora imponente, non grassa, ma robusta, con le mani da uomo, ha i capelli corti color ramato, lo stesso colore di mia madre.

«'Stà cooperativa è un porto di mare, ogni giorno c'è un arrivo e una partenza, non t'affezionare a nessuno, sennò fai la fine mia.» Non so bene quale sia il suo dialetto, quindi la sua terra.

«Signora, lei di dov'è?»

Adriana si ferma, mi guarda stranita. «Ma che mi dai del lei, mi fai senti' vecchia, chiamami Adriana e basta.»

«Di dove sei Adria'?»

«Abruzzese fino a vent'anni, torinese per altri venti perché mio marito era di Torino, poi l'hanno trasferito a Roma, ora lui è morto e io vivo con mio figlio, disoccupato.»

«Sei 'na giramondo insomma.»

Lei sorride, mi sembra di conoscerla da sempre, nel suo sguardo abita qualcosa di familiare, nelle parole anche.

«Adria', ma il villino che è? Io l'ospedale ancora lo conosco poco.»

«Che è? Un covo di vipere, ecco che è.»

Per arrivare al "villino" dobbiamo uscire e attraversare la strada, intanto attorno all'ospedale la vita è già un'esplosione di genitori e figli, di gente di corsa, macchine alla ricerca di parcheggio.

Il "villino" è una meravigliosa villetta liberty affacciata su Roma, resto incantato da tutto, la sua fattura, la posizione, un posto così varrà miliardi, la casa ideale per ogni uomo che abbia a cuore la bellezza, sembra quasi che tutta la città altro non sia che un enorme giardino steso ai suoi piedi.

Dentro, vista l'ora, è ancora deserto, le stanze sono state adibite a uffici, tutti molto belli e spaziosi.

«Mi devi dare una mano a spostare una pianta, così ci posso spazzare dietro, da sola non ce la faccio.» La pianta in questione è un *Ficus* maestoso al punto da sembrare finto, con cura sposto l'enorme vaso, Adriana pulisce velocemente, io lo rimetto al suo posto.

«Grazie, piccolo.»

Intanto dall'ingresso del villino arrivano i tacchi di una donna, la sento camminare, fermarsi, poi riprendere velocità. Ci arriva di fronte una signora sui quaranta, è piccola ed esile, subito incrocia le braccia. «Signora Adriana, ve l'ho detto un centinaio di volte, non voglio che mi lasciate il cestino sulla scrivania, non mi fate diventare cattiva.»

Adriana sembra tornata bambina, abbassa gli occhi. «Non sono stata io, è stato chi ha pulito ieri sera... Per scopare bene sotto le scrivanie alzano i cestini.»

Ma a quella non sembra bastare, fa un gesto col braccio, indica ad Adriana la sua stanza. «Venga, Adriana.» La seguiamo sino al suo ufficio, si piazza davanti alla sua scrivania, indica il cestino che ci sta sopra. «Lo tolga lei, mi faccia il favore.»

«Scusi, perché non...»

Ma Adriana interrompe la mia domanda con gli occhi, si avvicina alla scrivania, prende il cestino e lo poggia a terra.

«Ecco.» Dice solo questo.

Se solo Adriana volesse, con uno schiaffo della sua mano maschia potrebbe far volare quel fuscello d'arroganza come niente, e so che lo vorrebbe, glielo leggo sul labbro che si morde.

«Vai, piccolo.» E mi fa l'occhiolino.

Sono le sette, ma nell'ospedale sembra mezzogiorno. Un fiume umano bagna ogni luogo, entra dappertutto, un vociare fatto di ogni dialetto possibile, di ogni colore, di ogni tratto. Per andarmene passo di fronte alla ludoteca, già piena di bambini, ma qualcosa mi attrae e mi fa mettere radici all'istante. È l'affollamento di persone lì davanti. Genitori e figli. Tanti. Tantissimi. I figli, dai cinque, sei anni fin massimo ai dodici, hanno tutti una cosa in comune, come soldati dello stesso esercito. Quasi tutti senza capelli, una mascherina a coprire naso e bocca, una magrezza che non ha casa se non nella malattia. Provo a contarli, poi smetto. Resto a osservare una madre, una ragazza che in un altro momento, in un altro mondo, avrei fermato, corteggiato con la mia goffaggine. Devo far diventare tutto questo normalità, devo conviverci, ma io non ci riesco. Tutto mi appartiene, e io appartengo a tutto, così mi dice il cuore, annientato da questa moltitudine in attesa.

Mentre me ne vado verso casa mi vedo di fronte due strade, e non sono quelle d'asfalto. Una è quella nota. Abbandonare il Bambino Gesù, bere fino alla fine, concludere il lavoro di lento affossamento cominciato da anni. L'altra è lavorare, un giorno alla volta, fatica dopo fatica, da strazio visto e sofferto ad altro strazio. Il Bambino Gesù è un luogo di tortura, di maledizione, una trincea aperta da un bisturi, invisibile ai sani. È un posto per gente come me. Un posto che vince su ogni altro dolore scelto o imposto. Ma smettere di bere è come tornare nel ventre di mia madre e rinascere, è reinventarsi una libertà senza farla passare per la porta della dipendenza, fumata, pippata, bevuta.

Mio padre è già al lavoro, mia madre sta fuori a parlare con una vicina, come mi vede da lontano inizia a scrutarmi.

«Entra.»

Le sfilo affianco. «Guarda.»

Allargo le braccia e tiro su un piede, anche da sobrio fatico a rimanere in equilibrio, ma riesco a farlo. «Come puoi vedere so' lucido, non è la solita storia di quando inizio a esse brillo, mi dovete aiuta'.» Mia madre ascolta senza tradire espressione che sia una, troppe volte ha sentito questo discorso, troppe. «De stacca' completamente non avrei la forza, ma ho deciso di non bere durante la settimana, sennò me cacciano e io a quel posto ce tengo.»

Lei resta impassibile, continua a studiarmi. «Aiuto? Io so' anni che vorrei aiutarti, ma solo tu te puoi aiuta', fino a quando non smetti completamente non finirai mai, questo lo sai pure te.» Lentamente il viso le si ammorbidisce. «E perché ce tieni tanto a quel posto?»

Non rispondo, vado a sedermi sul divano, ma non smetto di guardarla. «Perché i bambini malati...» Non riesco a proseguire, resto con gli occhi nel nulla, così.

«Se non capisci che quello che senti è un tesoro e non una maledizione non troverai mai un po' de pace, lo so che il discorso della sensibilità te dà fastidio, ma cerca de viverlo come una grazia.»

«Durante la settimana esco solo pe' anda' a lavora', già se riuscissi a fa' questo sarebbe un bel passo avanti, no?»

Lei non sembra sentirmi. «Perché non scrivi de quei bambini? Te potrebbe fa' bene, è da tanto che non scrivi niente.»

Istintivamente mi alzo, le parole di mia madre hanno toccato un nervo che, con intenzione, cerco d'ignorare.

«No, ma', quei bambini so' una cosa troppo grossa.»

Mi tiro su dal divano, sono le nove, tra quattro ore devo riattaccare per il pomeriggio di rientro. Proverò a dormire, chiedo a mia madre, nel caso non mi svegliassi, di venirmi a chiamare al massimo per le undici e mezzo. Appena poggio il corpo sul letto sento che forse ce la farò a dormire, anche senza Tavor.

9

Sono le undici e quaranta quando mia madre mi chiama, come al solito schizzo fuori dal letto, con l'affanno esploso, la sensazione tremenda di non avere il pieno controllo delle mani, tutto il corpo.

La ritrovo con mio padre attorno al tavolo, strano che lui sia in casa a quest'ora, un istante dopo suonano alla porta. È mio fratello. Lui è più grande di me di quattro anni ed è il mio opposto preciso, anche se avere un fratello come me metterebbe alla prova anche la pazienza di un santo, e io la sua rabbia l'ho vista, urlata, con le lacrime agli occhi. Una sua visita a quest'ora è strana quanto la presenza di mio padre in casa. «Come va?»

Ora mi è chiaro tutto. I miei l'hanno chiamato per un consulto extra, è capitato diverse volte, i prescelti sono mio fratello e mia sorella, gli altri due invitati fissi alle mie peripezie degli ultimi anni.

«Bene, non mi vedi?» E piego il braccio per fargli vedere il bicipite. «Guarda che roba.»

Lui però non sembra divertito. «Mamma m'ha detto che provi a smette.»

«Provo a smette durante la settimana.»

«Io che posso fa'?»

«Te? Niente, tu non devi fa' niente.»

Suonano un'altra volta alla porta, il quadretto familiare si compone definitivamente. Mia sorella si siede accanto agli altri. «Come va?»

La nostra sembra una recita meccanica.

«Va benissimo, ho deciso de smette durante la settimana, voi non dovete fare niente, anche perché so' io che non devo bere, mica voi.»

Tutti e quattro restano a guardarmi. È incredibile come il sangue, e l'amore, possano far dimenticare il passato, non quello remoto, ma recente, di mesi, nemmeno anni. Altre volte ho giurato di smettere, tante, di solito dopo accadimenti molto gravi, come l'incidente stradale in cui mi sono salvato per miracolo, o i ricoveri. Tutte le volte è finita allo stesso modo, con i quattro qui presenti a dirmi, urlarmi, che mai più mi avrebbero concesso la loro fiducia. E invece eccoli, ancora disposti a sperare, per me, per loro. Oggi, però, è diverso, solo io posso sentirlo con questa certezza, e la paura enorme di non farcela.

Arrivo al Bambino Gesù alle dodici e quaranta. Il viaggio in macchina, per fortuna, è durato pochissimo, l'Appia dopo la piena di pendolari era quasi disabitata, e poi la mia andatura è stata più che sostenuta, ogni bar incrociato è corrisposto a una decisa spinta sull'acceleratore.

Cammino verso l'ufficio al sole del vialone centrale, la voglia di bere, crescente, si è andata trasformando in nervosismo, questa cosa di smettere di bere è gigantesca, un mostro che mi terrorizza, e più ci penso più mi viene voglia di fare il contrario, ubriacarmi a modo. Fatico a tenere a bada i tremori, anzi, ogni tentativo di placarli mi sembra ottenere il risultato opposto. L'unica soluzione possibile è sprofondare le mani nelle tasche: lì dentro, al riparo, possono tremare quanto vogliono.

Un tocco raggiunge la mia spalla, mi giro e mi ritrovo il nuovo arrivato, Celso, mi ricordo il nome solo per la sua stranezza. Ci presentiamo per bene, iniziamo a camminare uno vicino all'altro. Celso avrà una quarantina d'anni, porta i baffi e un taglio di capelli fermo alla fine degli anni Ottanta.

«Tu Danie' stai qui a Roma?» chiede, giusto per scacciare il silenzio.

«No no, io vengo da lontano, Ariccia, non so se la conosci.»

«La conosco sì, certi panini con la porchetta, io vengo da più lontano di te, Latina.»

Mi blocco all'istante, farsi tutti i giorni la Pontina, andata e ritorno, dev'essere una specie di castigo divino. «Mamma mia, non voglio immagina' la Pontina tutti i giorni, ma la cooperativa non c'ha appalti pure giù?»

Celso resta in silenzio, di fronte al padiglione Sant'Onofrio si ferma, non sembra più essere lì con me. «Io a Latina facevo il tipografo, poi mio figlio s'è ammalato, gli ultimi cinque anni è stato più qui al Bambino Gesù che a casa.» Continua a guardare l'entrata del Sant'Onofrio con un'insistenza feroce. «Alla fine la tipografia m'ha licenziato, anche perché oramai stavo fisso qui.»

«Tuo figlio ora come sta?»

«S'era preso la leucemia. Stava ricoverato proprio al Sant'Onofrio. È morto tre mesi fa.» M'indica con un cenno della testa l'ingresso del padiglione. «Ci mettevamo seduti sempre su quel muretto, al sole. Per il lavoro m'ha aiutato il prete della cappella, ha parlato col direttore della cooperativa, e adesso lavoro qui.»

Riprendiamo a camminare senza dirci più nulla. Io ho iniziato a scrutare la memoria, metro a metro, per cercare qualcosa che si avvicini anche solo lontanamente alla storia che ho appena sentito. Trovarsi a lavorare nel posto dove la malattia ti ha mangiato un figlio, ripercorrere i luoghi, i ricordi, le speranze divenute morte. Quale peccato può aver commesso un uomo per vedersi infliggere una pena simile? Celso cammina al mio fianco, non sa di essere la personificazione di tutto quello che da sempre ho imputato alla vita, al punto da disprezzarla, di volerla finire il prima possibile. La gioia interrotta. L'amore alla prova della morte e del dolore. Non sa, Celso, quanto darei per poterlo abbracciare, dirgli in un orecchio di stare tranquillo, perché suo figlio si è reso solo invisibile agli occhi, ma è qui, in un sonno di attesa, pronto a riabbracciarsi col padre, la famiglia intera, e non per una parentesi di tempo, ma per sempre. Avere certezza di quel sempre che di tanto in tanto mi si presenta, vorrei poterlo promettere a Celso, a me stesso, ma non per me: per quei pochi amori che nella vita ho sempre tentato di difendere, e che invece non ho fatto altro che far soffrire.

Arriviamo all'ufficio, è l'una meno cinque e c'è il pienone di colleghi, molti ancora non li conosco. Me lo aveva detto Luciano alla mia prima notte: il momento peggiore della settimana è il rientro del giovedì dopo due notti consecutive. Giovanni, Claudio e Luciano rimandano esattamente la stessa stanchezza, ne portano alcuni segni in comune: la barba di un paio di giorni, gli occhi pesanti, la scarsa reattività al mondo circostante. Soltanto Claudio, il bello del gruppo, sembra aver speso un po' di tempo davanti allo specchio. Salutano tutti, ma senza l'abituale energia, Luciano, già placido di suo, sembra procedere al rallentatore.

«Certo che conosce i capi è 'na bella fortuna, tu saresti quello che s'è preso er posto in squadra.» Cala il gelo sul chiacchiericcio, è un ragazzo alto almeno un metro e novanta ad avermi rivolto la parola, la divisa gli sta corta sulle caviglie, accanto a lui c'è Marianna la sindacalista, li guardo, nello stomaco la timidezza si mischia al nervosismo, alla nostalgia per il mio bicchiere di bianco.

«Io non conosco nessuno. Ho cercato lavoro e m'hanno dato questo posto, non l'ho chiesto io.» La voce mi esce tremante. Il ragazzone guarda Marianna come cercando consiglio, lei s'impone il più falso dei sorrisi.

«Ma sì, è stato tutto un caso, in fondo dei lavoratori a chi interessa, giusto? Diciamo che è tutto un caso e buonanotte.»

«Se è stato un caso oppure no, io non te lo saprei dire, so che sto qui per lavorare, so che ho chiesto aiuto, come sarà capitato a tanti di voi almeno una volta in vita vostra.»

Nessuno fiata più, i miei occhi incrociano Adriana, è vestita in borghese, lei sorride a me e io sorrido a lei, mi avvicino alla rastrelliera dei cartellini, timbro e me ne vado.

Nello spogliatoio un'ammucchiata di uomini, per cambiarci dobbiamo fare a turno, noi della squadra aspettiamo per ultimi. I colleghi del pomeriggio fisso ci sono tutti, Carmelo parlotta con Amir, discutono di una caposala, infame a sentire lui, Stefano invece oggi sembra meno stravolto del solito, gli chiedo da quanto lavori lì dentro, ma lui non ha alcuna voglia di parlare, mi dice solo che sta al Bambino Gesù da un anno, troppo. C'è anche Celso, che ha finito il turno di mattina ed è pronto per tornarsene a Latina.

Dalla porta dello spogliatoio si affaccia Antonio, il capo operaio, ha il fiatone e quattro scope di saggina sotto il braccio, guarda proprio noi della squadra.

«Vestiteve de corsa che dovete fa' 'na cosa ar volo, è 'na sciocchezza ma ve dovete sbriga', v'aspetto alla rampa.»

D'istinto, come richiesto, inizio subito a cambiarmi velocemente.

«A Danie', va' con calma, quello se aggita pe' tutto, sarà 'a solita stronzata.»

Senza alcuna fretta andiamo verso la rampa, eccolo Antonio, ci aspetta con le scope in mano, dietro di lui, accanto alla casetta della bambina morta, un viavai di persone.

«Stamattina è morto er nipote de un politico, ner pomeriggio verrà qui alla camera mortuaria a vede' la salma, dovete solo da' 'na bella pulita, leva' le foje secche, niente de che, inzomma» ci dice Antonio mentre ci passa le scope.

Partiamo dallo spiazzale, poi attacchiamo la lunga rampa in salita che porta al Pronto soccorso, intanto ci sfilano a fianco i colleghi montanti e quelli smontanti, anche Celso, ora vestito in borghese. Mi si avvicina.

«Com'è tutta 'sta pulizia di corsa?»

«È morto il nipote di un politico e devono fa' bella figura.»

Celso resta immobile, rimugina sulle mie parole, intanto la curiosità si è trasformata in qualcos'altro.

«A far pulire per mio figlio non c'hanno pensato.»

Mi lascia con queste parole, senza nemmeno un saluto.

Molte nostre colleghe svolgono il loro lavoro all'interno dei reparti, un po' come infermiere ausiliarie, c'è chi porta le provette delle analisi al laboratorio, chi accompagna i piccoli pazienti a fare le visite di turno.

Cinzia è una di loro, ci accoglie al reparto di Medicina sportiva, quello dove lavora a turno fisso. L'immediata attrazione che provo per lei è spenta dallo sguardo che dà a Claudio, subito ricambiato da lui. Non ci vuole un genio per unire i puntini: la collega con cui il mio compagno di squadra intrattiene una relazione extraconiugale è lei.

Il reparto non ha pavimenti in linoleum ma la vecchia e cara cortina rossa, le pareti, invece, sono piastrellate con maioliche bianche. In un'ora tutto risplende e profuma, manca soltanto la stanza del primario. Chiedo, ordino ai miei tre compagni di andarsi a riposare, o a prendere un caffè, sono in debito di una notte di lavoro. Giovanni e gli altri acconsentono volentieri, mi aspetteranno sul terrazzo del reparto.

Inizio a pulire con una frenesia che diventa violenza vera e propria, devo sfogare da qualche parte la voglia di bere: sta montando come un malessere sempre più insopportabile, e non esistono medicine per lenirlo. In meno di mezz'ora la stanza del primario è finita, guardo con orgoglio il lavoro fatto, non c'è angolo che non sia brillante, perfetto.

La terrazza non ha la fortuna di affacciarsi sul Gianicolo, ma è riparata, silenziosa, sembra quasi che non faccia parte dell'ospedale.

Ritrovo i tre con Cinzia, seduti su una panca, ognuno con una sigaretta tra le labbra.

«Fatto, Danie'?» mi chiede Giovanni.

«Tutto fatto, se volete controlla'.»

Mi siedo con loro, Luciano mi accende la sigaretta con lo Zippo con cui stava giocherellando.

«Ma non ce l'hai un telefonino? Ieri sera quando non arrivavi te volevamo telefona'» mi chiede Giovanni.

«Ce l'avevo ma me l'hanno rubato, appena prendo lo stipendio me lo ricompro.» In realtà il mio telefonino ha fatto un'altra fine, calpestato dai buttafuori di un locale in cui avevo bevuto mentre mi stavano trascinando verso l'uscita.

«Mo stamo un po' qui, se riposamo, poi verso le quattro andiamo in ufficio pe' fasse vede', ma oggi è ammuina, io non me reggo in piedi.» Giovanni è il leader del gruppo, questo è pacifico, lo è per età ed esperienza, anche la corporatura lo aiuta rispetto agli altri due, più piccoli, poco più che ragazzi di fronte ai suoi cento chili come minimo.

«Danie', mo che stamo qui da soli, in confidenza, ma tu chi conosci pe' esse arivato subito in squadra? Magari ce pòi dà 'na mano pure a noi.» È Claudio a chiedermelo, nessuno mi toglie dalla testa che sia stata Cinzia ad aver suggerito quelle parole.

«Chi conosco io? Nessuno, ho un amico che conosce uno dei capi della cooperativa, tutto qui, ma io non conosco nessuno.»

«E chi è 'st'amico?» Ora è proprio lei, Cinzia, a non resistere. La discussione inizia a darmi fastidio, espiro con grande lentezza.

«Allora, iniziamo dal principio, io non conosco nessuno di questo ambiente, quello che non sapete è che scrivo, la scrittura mi ha fatto conoscere tante persone, tra cui un amico, un poeta, che mi ha dato una mano a trovare lavoro, punto.»

«Tu scrivi?» Luciano mi guarda con una curiosità mai vista prima.

«Sì, scrivo, poesie.»

«Sei un poeta!» Giovanni è sinceramente colpito.

«Poeta di solito te lo devono di' gli altri, io ce provo.»

«Ma 'st'amico tuo poeta non ce pò raccomannà pure a noi?» mi chiede tra il serio e lo scherzo Claudio. Mi alzo di scatto dalla panca, tutte quelle domande mi stanno innervosendo, avere i loro occhi addosso, malgrado mi siano ormai diventati familiari, è qualcosa che faccio fatica a gestire.

«I raccomandati non si fanno mandare a fa' le pulizie, se fanno infila' in un ministero, dentro qualche ente, a cinque milioni al mese.»

«Guarda che pe' esse soci alla cooperativa nostra fanno la fila, c'è gente che darebbe l'anima ar diavolo pe' entra'.»

I miei tre compagni di squadra, anche Cinzia, improvvisamente hanno cambiato espressione, sembrano offesi. Mi ci vuole un po' per capire l'arroganza, tutto il senso di superiorità delle mie parole. La sufficienza con cui ho parlato di questo lavoro, della cooperativa, è arrivata a lambire anche le loro vite, è come se gli avessi dato dei mediocri, per non dire di peggio.

«Lo so, lo so, è una delle prime cooperative d'Italia, l'altr'anno ha preso pure un riconoscimento importante.»

Il tentativo di ripresa sembra andato a segno, tutti e quattro annuiscono.

«Come no, è entrata nelle prime cinque cooperative nella classifica de qualità de 'na ricerca fatta da un giornale, mo er nome non me viene, poi come me viene te lo dico.»

Questa breve discussione, però, mi ha fatto capire una cosa. Tra me e i miei colleghi esistono differenze enormi, colmate solo dall'affetto che ho provato istintivamente per loro e dal lavoro faticato assieme. La diversità sta nei sogni coltivati, nelle scelte fatte, nei luoghi in cui il destino ci ha fatto nascere. Ignorare queste differenze sarebbe pericoloso, per me e per loro. Prima che l'alcol avesse il sopravvento, il mio sogno era la poesia, poi, per vivere, visto che con la poesia non si vive, trovare lavoro nel campo della comunicazione, come ufficio stampa, oppure in qualche agenzia pubblicitaria come copywriter. Il sogno di Cinzia, intravisto tra una sigaretta e un'altra, è aprirsi un negozio di intimo a Mentana, magari assieme a Claudio. Giovanni, invece, vorrebbe tentare la fortuna con una piccola ditta di pulizie per conto proprio, gli basterebbero tre condomini per cominciare. Le differenze che inizio a percepire non mi danno soddisfazione, semmai uno strano senso di colpa, qualcosa che al momento faccio fatica a spiegare.

Sono le tre e quaranta quando scendiamo dal terrazzo, è ancora primo pomeriggio e ho quasi finito il mio secondo pacchetto di sigarette. Con molta calma andiamo verso l'ufficio.

Antonio, l'altro capo operaio assieme a Fabio, non sarà alto più di un metro e cinquantacinque, quando ci vede arrivare si alza di corsa dalla sedia, viene a prendersi sottobraccio Giovanni, la sproporzione di centimetri tra i due è quasi comica, se lo porta nell'ufficio, facendo bene attenzione a chiudersi la porta alle spalle. La bestemmia di Giovanni è forte e chiara, Luciano si preoccupa, l'avranno sentita anche negli uffici delle cartelle cliniche. Per una bestemmia, dentro al Bambino Gesù, si rischia forte. Giovanni continua a urlare, poi esce, paonazzo.

«De giovedì pomeriggio, a fine turno, è 'na bastardata, ve scordate che noi er giovedì dovremmo sta' a casa, a riposo dopo du' notti de seguito, tu stai qui pe' di' anche de no, lo vòi capì? Se non te fai rispetta' tu come se potemo fa' rispetta' noi?»

Antonio è diventato ancora più piccolo del suo metro e poco altro, Giovanni va di fronte a Claudio. «So' caduti due pacchi de medicinali in fiala dentro uno studio, indovina dove?»

Uno scruta gli occhi dell'altro. «Non me lo di'! Infettivologia!»

Giovanni annuisce. «Eh.»

Mentre andiamo verso il reparto, una parola per uno, un consiglio per uno, i miei tre colleghi più che addestrarmi mi terrorizzano.

«Allora, lì dentro c'è de tutto, dalla tubercolosi alle meningiti, solo pe' fermasse a quelle che riescono a individua'. Dovemo esse veloci e precisi, meno tempo ce stamo mejo è, te daranno soprascarpe e camice, mascherina pe' 'r viso e cuffia pe' i capelli.»

Alle cinque, dopo aver indossato tutto l'armamentario verde di rito, entriamo nel reparto.

Le stanze dove sono ricoverati i bambini sono chiuse da una porta a vetro, molti di loro sono immobili a letto, allacciati a flebo e altri macchinari, altri, invece, quelli che sembrano stare meglio, guardano la televisione, oppure giocano. Ci viene incontro un'infermiera, in fila indiana arriviamo allo studio incriminato. Proprio lì di fronte, chiusa nella sua stanza, c'è una bambina mediorientale, ci vede arrivare e subito s'incuriosisce.

Iniziamo a pulire con grande attenzione, i pezzi di vetro delle fiale sono finiti ovunque, sotto i mobili dei registri, la scrivania, in molti punti non possiamo utilizzare altro strumento che le mani, le mie, come sempre, sono coperte da tre paia di guanti. Oltre ai pezzi di vetro, la stanza è invasa dal liquido di medicinale contenuto nelle fiale, Giovanni prima di venirne a contatto ha chiesto all'infermiera cosa fosse e solo dopo essere stato tranquillizzato, «è un antinfiammatorio», ha iniziato a lavorare. Di tanto in tanto mi giro a guardare la bambina, è sempre lì, tutta presa dalle nostre pulizie. L'infermiera non si è mai allontanata da noi, assiste in silenzio.

«Quella bambina che ha?» le chiedo non appena posso. L'infermiera si volta verso di lei, le fa ciao con la mano, subito ricambiata.

«Era emofiliaca, s'è presa l'HIV per una trasfusione, dai paesi poveri ne arrivano tanti.»

«Era infetto il sangue della trasfusione?»

«Purtroppo sì.»

Dal nervoso mi viene da ridere, nelle condizioni in cui mi trovo non riesco a contenere le emozioni.

«Che bastardi.»

Solo questo mi viene da dire. Anche gli altri tre della squadra guardano la bambina, con la mascherina sul viso sono visibili soltanto gli occhi, ma bastano quelli per capire cosa provino.

Finiamo in nemmeno mezz'ora. Mentre stiamo riponendo gli attrezzi sul carrello esplode un urlo, un urlo mai sentito in tutta la vita, non per la forza o la durata, ma per la quantità di dolore che si porta dentro. Un urlo di pochi anni, non riesco a capire se di bambino o bambina. Restiamo ghiacciati, immobili.

Silenzio. Eccone un altro, ancora più forte. Io vorrei scappare, o mettermi in ginocchio. L'infermiera si rende conto del nostro spavento, prende Giovanni sottobraccio per scuoterlo, ma eccone un altro ancora più lacerante. Quelle urla arrivano proprio dal corridoio dove noi dobbiamo passare per uscire.

Nella medicheria un dottore e due infermiere.

Sul lettino c'è lui, impossibile dargli un'età, per quello che ne è rimasto è impossibile dargli tutto. Tubi su tubi. Da una gamba, le braccia, il costato. Alcune sacche collegate alla pancia da altri tubi. Quando gli passiamo di fronte urla un'altra volta, lui sta guardando proprio me, vorrebbe qualcosa che io non so, forse vorrebbe che lo aiutassi, io non posso dargli nulla, fare nulla. Luciano mi trascina via.

Mi ritrovo fuori con gli altri, pezzo per pezzo ci togliamo la nostra corazza verde. Siamo tutti e quattro sconvolti. Giovanni, incurante del divieto, si accende una sigaretta proprio in mezzo al viale.

«Poi me parlano de Gesù Cristo» sputa col fumo. Luciano e Claudio annuiscono.

«Eppure, se ce pensi, non esiste altra possibilità.» Resto sospeso sul mio ragionamento mentre cerco di togliermi dalla testa le urla che ancora ci esplodono dentro, gli altri tre mi guardano. «Almeno spera' che ce sia un paradiso pe' 'sti bambini.»

Giovanni non sembra soddisfatto delle mie parole, mi viene sotto. «E do' starebbe 'a giustizia de 'sto Dio? Guarda do' te trovi, quanti infami dovrebbero mori' prima de nasce, e invece vivono fino a novant'anni, tanti de 'sti ragazzini manco ariveranno ar primo peccato.»

Giovanni s'incammina e gli altri dietro di lui.

Non ho Dio tra i miei amici, l'ho cercato spesso, forse nei momenti, nei luoghi sbagliati, ma ne sento la mano, nella bellezza delle cose, negli interrogativi che l'amore mi fa piangere. C'entra anche lui col mio velocissimo declino. Non so quanti ce ne siano in circolazione, appartengo alla categoria di quelli che lo vedono nella maestà delle cose senza sentirne il calore nel cuore. Una cosa infame. Ma se la vita mi è sempre parsa inutile senza un disegno che ci riguardasse, ora, dentro il Bambino Gesù, mi sembra semplicemente inaccettabile. Negarsi la speranza di Dio, qui dentro, non ha possibilità di essere. Un senza Dio, qui dentro, non può far altro che sperare nel contrario della speranza, augurarsi la morte di tutti questi bambini, il prima possibile, almeno per risparmiargli un poco di dolore, poi si faccia nero su tutto.

Ci cambiamo in silenzio, i miei tre compagni sono stanchi da fare pena, non penso d'aver mai visto esseri umani così a pezzi. Io, invece, sono sempre più schizzato, scatto per ogni minima cosa.

«'O sapete mo che faccio? Ordino 'na pizza a casa e poi me butto 'n branda, dormo fino a domani alle sei.» Giovanni timbra uno alla volta i quattro cartellini, intanto sembra già assaporare la pizza. «'Na bella sarciccia e funghi, e bonanotte.»

Ci salutiamo davanti all'ufficio, ognuno va per la sua strada.

Quando arrivo in macchina sono le otto e venti, ora viene il difficile, altro che lavoro, altro che fatica, ora devo tenere buono l'animale che ho dentro.

10

Devo concentrare la mente su qualcosa di preciso, inizio a contare gli alberi sul ciglio della strada, passo alle automobili di colore bianco che incrocio, poi tutte le Mercedes. Ma nulla riesce a strapparmi dalla voglia di bere. E in fondo perché dovrei rinunciarci? Il Bambino Gesù non ha fatto altro che confermare l'inutilità folle di tutto, ho ragione io, ho sempre avuto ragione io. Meglio prenderla in baldoria, passare dalla vita alla morte a suon di bianchi. Anzi, la sola esistenza del Bambino Gesù, dei piccoli cristi che ci passano la vita dentro, dovrebbe bastare a tutto il genere umano per annientarsi con scrupolo assoluto. Un bel brindisi alla faccia di Dio.

Ma riesco a resistere.

Arrivo a casa snervato. Dai rumori alle voci, ai colori, tutto mi arriva in maniera centuplicata. Mangio accanto ai miei, vedono il mio stato e non osano dire nulla, io ingoio cibo, tutto mi appare secco, ruvido. Mia madre mi mette accanto al piatto una pasticca di Tavor, nemmeno gliel'ho chiesta, per portarla alla bocca assisto allo spettacolo delle mie mani. I tremori vanno a ondate, si placano per poi riprendere. Mio padre e mia madre non resistono, la prima ad alzarsi è lei.

Mi sveglio con l'affanno, come al solito. Non appena mi tiro su e mi stiro per bene, dai muscoli delle gambe a tutta la schiena, avverto qualcosa di nuovo. Il corpo, con lo choc del lavoro fisico, sembra rinato, posseduto da una forza dimenticata. La sorpresa dura poco, scacciata dalla voglia di bere. Davanti a me vedo stagliarsi un traguardo magnifico. Oggi è venerdì. Stasera a mezzanotte, minuto più minuto meno, avrò finito di lavorare, la settimana si sarà conclusa, e allora via ai festeggiamenti, già sento il sapore della nottata.

Però devo arrivarci, di ore ne mancano tante, tantissime. Mi serve un diversivo, qualcosa che mi porti al mio turno delle cinque, e sono solo le nove passate da una manciata di minuti.

Mi ritrovo a vagare per il paese a piedi, passeggio per una mezz'ora, il tempo di un paio di caffè e di spedermi, come al solito, di fronte al belvedere. Ariccia è poggiata sui Colli Albani ed è esposta verso il Tirreno, in giornate come questa, fredda, forse una delle ultime sortite dell'inverno, il mare sembra sovrastarla. Questo è il mio panorama, negli ultimi anni niente mi ha regalato pace senza volere nulla in cambio, a parte lui.

Appena rientro, in bella mostra sul tavolo della cucina mia madre ha poggiato un flacone di valeriana ancora nella busta della farmacia. Lo apro, ingoio metà del contenuto in un attimo, le pasticchette sono dolciastre, niente a che vedere con l'amaro intenso della chimica, quello che adoro io.

È mezzogiorno, ancora mezzogiorno. Per un paio di volte ho l'impressione che il cervello mandi il messaggio di cedere, di corsa verso il primo bar aperto, però il corpo non sembra recepirlo. Mi ritrovo in camera, niente attira la mia attenzione, mi fermo davanti al grande baule che contiene i miei anni di poesia, dentro c'è di tutto, le infinite corrispondenze con poeti, ormai divenuti amici, gli articoli, le recensioni, pile di manoscritti, appunti, versi. C'è anche l'agenda con tutti gli indirizzi, tutti i numeri di telefono. L'idea nasce lì sul momento.

Davide mi risponde subito, per quanto la mia frequentazione con il mondo della poesia duri ormai da qualche anno, parlare con lui, come con gli altri poeti, continua a mettermi a disagio. La fobia sociale ha gioco facile in ogni situazione, figuriamoci la scioltezza con cui esplode quando sto a contatto con persone più grandi e colte di me, io che faccio fatica anche a tenere a bada il dialetto, che lo vivo come una macchia. Davide è una fucilata di domande, mi ripete di resistere, poi il discorso si sposta al Bambino Gesù, ai bambini, a quanta sofferenza corrisponda vederli piegati dal male, gli racconto anche del mio primo giorno, il battesimo davanti alla bambina morta.

«Sei un poeta, un'arma ce l'hai.»

Gli rispondo che sì, certo, anche se le parole della poesia e il male che ho visto mi paiono rimandare a due unità di misura diverse. Troppo grande il male, troppo piccola la parola.

La telefonata con Davide ha il potere di restituirmi un po' di forza. In realtà, di forza ne ho anche troppa, ma è un'energia incontrollata che si trasforma continuamente in smania, in ansia, che nessuna tecnica di rilassamento riesce a placare per più di un minuto.

Timbro il cartellino alle quattro, manca un'ora all'inizio del turno ma poco importa. Il venerdì la squadra ha il turno fisso nel centro trasfusioni, non ci sono mai stato né so quanto sia grande, l'unica cosa che conta è che il tempo faccia il bravo e mi porti il prima possibile a mezzanotte, poi ne vedremo delle belle.

Per perdere tempo, inizio a passeggiare per i viali, ora che di giorni ne sono passati cinque inizio finalmente a orientarmi, non parlo solo dei luoghi, ma anche di facce, situazioni. Lentamente tutto sta acquistando familiarità. In fondo, il Bambino Gesù non è molto diverso da Ariccia, il mio paese: una lunga via centrale con i palazzi costruiti addosso, una chiesa. Invece dei paesani qui ci sono pazienti bambini, questa è l'unica vera differenza.

All'altezza dell'entrata degli ambulatori vedo venirmi incontro una ragazza, ha il sole alle spalle, metto a fuoco le sue forme un poco alla volta. Ha i capelli biondi molto corti e non ha problemi a portarli su un viso simile, perfetto, gli occhi azzurri, il naso, la bocca.

Vista da vicino è una madonna, bellissima, alta il giusto, vestita con pantaloni neri e un maglione bianco a collo alto, la cornice ideale per il suo corpo. Proprio mentre mi sfila a fianco vedo appeso al suo collo il cartellino dell'ospedale. Dio esiste. La madonna lavora qui dentro, devo capire dove, il prima possibile, sicuramente i miei colleghi lo sapranno.

L'orologio segna le cinque meno dieci quando mi affaccio al nostro ufficio. I tre compagni di squadra sono lì assieme a un'altra decina di colleghi, le quasi ventiquattro ore di riposo si vedono eccome, hanno ripreso l'aspetto di sempre e anche il buonumore. Mi vedono arrivare, Luciano si alza in piedi.

«Ecco il poeta» fa a tutti. La curiosità dei presenti è immediata, io non so se lo abbia detto per prendermi per il culo o in maniera bonaria, questa differenza mi è straniera, sta di fatto che lo guardo male, ma ormai il sasso è lanciato, esplodono in serie i «Davero!», «Sur serio?», «Ammazza», gli occhi dei colleghi sono curiosi, non sanno la mia fatica a reggerli tutti.

«Dài, su, er poeta lasciamolo sta' che se vergogna.» È Giovanni a chiudere la situazione, gli faccio un breve cenno col capo come ringraziamento. Soltanto una resta con gli occhi incollati al mio viso. È Adriana. Nel suo sguardo c'è un'intenzione, una richiesta, ma non sembra avere il coraggio di venirmi a parlare. Chissà, magari scrive anche lei, in Italia ci sono sei milioni di scrittori di poesie. Potremmo presentarci alle elezioni, e vincerle.

Dopo esserci cambiati, armati del nostro corredo d'attrezzature, ci ritroviamo nel corridoio di collegamento diretti al Centro prelievi. Il venerdì aleggia su tutti, anche se in modo diverso. Giovanni dopo il turno se ne andrà a dormire, domani ha sveglia alle cinque per andare a pesca con alcuni amici. Claudio, invece, deve stare a casa con moglie e figlia, lo dice come una pena inflittagli da Dio, non si accorge dello sguardo tanto di Giovanni quanto di Luciano, forse anche mio. Luciano, infine, vorrebbe fare, scopare, mille e mille cose, ma se ne andrà come sempre a casa, lo zio è molto apprensivo e non gli lascia un granché di tempo per divertirsi, sia Giovanni che Claudio lo rimproverano, non è possibile, alla sua età, farsi comandare come un bambino. Poi è il mio turno, mi chiedono come passerò il venerdì notte, il fine settimana, rispondo con un'alzata di spalle, non lo so, davvero. Non posso dire che aspetto la mezzanotte neanche fosse Capodanno.

Il Centro prelievi ha un lungo corridoio, tre studi medici abbastanza grandi e un'enorme stanza piena di poltrone dove si effettuano, appunto, i prelievi del sangue. Armato di raschino, una specie di spatola che termina con una lama intercambiabile, inizio a togliere la cera sporca dal battiscopa di linoleum del corridoio. Ogni cinque o sei metri mi tiro su per sgranchirmi la schiena e riposare le gambe, non è la fatica a infastidirmi quanto l'odore pungente del decerante, l'assenza di alcol sembra aver centuplicato i miei sensi. Il tempo passa veloce, sono le nove e la prima mano di cera è data. Giovanni e gli altri se ne vanno a mangiare, io preferisco restarmene in giro, osservare è il mio vero lavoro, quello non scelto ma affibbiato alla nascita, e la mezz'ora di pausa mi permette di ristorare gli occhi. Appena esco all'aperto noto che il bar proprio fuori dall'ospedale è ancora aperto. Il desiderio aumenta istantaneamente il battito cardiaco. Potrei uscire al volo, farmi il mio bicchiere e tornare qui in meno di cinque minuti. Mi ferma la presenza del vigilante sulla porta d'ingresso: conosce tutti e potrebbe mettermi nei guai. Alla fine mi costringo all'ennesimo caffè. La sera è facile incrociare genitori che si preparano per la notte che dovranno trascorrere accanto ai figli ricoverati. Molte stanze sono dotate di poltrone, in altre è il genitore che deve organizzarsi, ecco il motivo delle sdraiette, altri invece li vedi con piccoli televisori o radio, scorte di cibo, di ogni tipo e provenienza. Dai loro volti, i corpi, è facile risalire alla natura, la portata di quello che il destino ha riservato loro attraverso i figli. Certi non paiono più vivi, camminano senza energie, senza luce negli occhi, morti viventi che si trascinano senza più avere nemmeno un futuro che li attende.

Toc toc.

Mi blocco, ormai la vista sa dove andare. Toctoc porta un pigiama grigio chiaro, quasi bianco, il viso scuro sembra così ancora più scuro. Stranamente stasera non parte con il solito labiale, sembra più eccitato del solito, con una mano mi fa cenno di attendere, poi sparisce.

Ricompare con un foglio di carta tra le mani, non senza difficoltà lo appoggia al vetro della finestra. Inizialmente non riesco a mettere a fuoco, mi ci vuole più di qualche secondo. Sul foglio è disegnata la Terra, con i suoi colori di acqua e cielo, il marrone e il verde. Attorno alla Terra, Toctoc ha disegnato piccoli esserini rossi, da questa distanza non riesco bene a vedere, almeno non all'inizio. Gli esserini rossi, in realtà, sono decine di piccole corna. Non appena capisce che tutto il disegno mi è chiaro, Toctoc lo getta di lato.

COR-NU-TO. Compie con le braccia un ampio movimento, disegna il cerchio più grande che riesca, mi indica, TU, ripete un paio di volte sempre solo con le labbra. Resta immobile, fisso a guardarmi.

Il rebus dovrebbe avere questa soluzione, gliela comunico usando come sempre il suo alfabeto muto, fatto di gesti: IO COR-NU-TO, e compio il gesto circolare che ha fatto lui, DI PIÙ AL MON-DO?

Annuisce, sempre senza tradire la minima emozione.

Io allora di cerchi con le braccia ne faccio tre, TU TRE VOLTE! gli rispondo col mio labiale. Restiamo entrambi immobili.

Cominciamo a ridere nello stesso identico momento. Toctoc ha i denti più bianchi che abbia mai visto, gli splendono in mezzo al viso scuro, anche gli occhi ridono. Ma che cos'ha Toctoc? Non me lo ero mai chiesto, da questa distanza sembra un bambino in salute. Appena ne avrò modo voglio sapere perché si trova qui.

Gli faccio ciao con la mano, a corna naturalmente, lui s'imbruttisce subito, torna serio. Non vorrebbe che me ne andassi. Lo saluto ancora, lui per risposta lascia la finestra.

Il countdown è arrivato all'ultima ora. Sono le undici, Giovanni e Claudio rimettono a posto l'ultima scrivania, lo sgrosso al Centro prelievi è finito.

«Se volete andare non c'è problema, timbro io.» Il tono della voce di Luciano è dimesso, come tutto il resto. Un ragazzo della sua età, uno che si fa un mazzo tanto tutta la settimana, se lo merita pure lui un po' di divertimento.

«Senti, una volta c'organizziamo per un'uscita insieme, te va?» Non ho neanche finito di dirlo e già mi pento per quello slancio. E cosa gli faccio fare? Dove lo porto? Senza alcol non ho più una vita, di nessun tipo.

Luciano accoglie la mia offerta con un sorrisone. «Magari.»

Lascio gli altri fuori dall'ufficio dopo aver consumato i saluti di rito, gli auguri per un buon weekend. La mia prima settimana al Bambino Gesù è finita. Se dovessi calcolare il tempo per come io l'ho vissuto non parlerei di una settimana, ma almeno di un mese, forse due. In verità questo posto mi sembra di conoscerlo da anni, e allo stesso modo i miei colleghi, tutto mi arriva con una familiarità remota.

Appena uscito dal camminamento sotterraneo incrocio un signore attorno ai settanta, ha la schiena leggermente piegata e l'andatura appesantita, i pochi capelli bianchi tirati all'indietro, ma la cosa davvero impressionante sono gli occhi, trasmettono un rigore, una severità da maestro di altri tempi. A passo velocissimo ecco avvicinarsi un infermiere, solo quando è al suo fianco rallenta l'andatura.

«Buonanotte, presidente» dice al vecchio, lui risponde con un cenno del capo, ma non degna l'infermiere di uno sguardo. Ecco il presidente, il temuto, odiato, maledetto presidente. In una settimana ho sentito tanto di quel rancore rivolto alla sua persona che è un miracolo che riesca a rimanere in vita. Me lo avevano detto che si ferma in ospedale dal primissimo mattino a notte inoltrata.

L'ora, finalmente, è arrivata, si aprano i festeggiamenti. Il mio passo per arrivare alla macchina si fa sempre più veloce.

In realtà in macchina neanche c'arrivo. M'infilo nel bar di fronte all'ospedale, in giro non c'è più nessuno, il barista ormai mi conosce, per questo chiedo una birra: sono a fine turno, me la merito, no? La bottiglia di Ceres arriva vuota alla macchina, dal bar sarà distante al massimo una decina di metri.

Parto e accendo lo stereo, alzo il volume fino a far distorcere i bassi, neanche cinquecento metri e mi fermo alla mia prima stazione, il bar sulla piazza proprio sotto la statua di Anita Garibaldi.

«Un bicchiere bianco.»

A viale Marconi arrivo euforico, butto la macchina come viene davanti a un bar fermo agli anni Ottanta, sta chiudendo però mi serve comunque. Secondo. A seguire, terzo bianco. Sulla Cristoforo Colombo, perché non fare un passaggio da Palombini? Quarto, quinto e sesto bianco. Il bar esplode di gente, ragazze di ogni tipo e bellezza su tacchi vertiginosi, dentro vestiti di ogni colore possibile ma invariabilmente corti. Tiro un paio di baci a una moretta che mi volta le spalle all'istante. La delusione merita di essere risarcita, ecco il settimo. Fuori dal bar mi accendo una sigaretta, al mio fianco passano due ragazze, una magrissima, l'altra in carne, mi avvicino, chiedo se abbiano voglia di fare un'orgia. Restano senza parole, poi quella secca s'incazza, mi manda affanculo, la grassa invece inizia a ridere, l'amica se la porta via per un braccio.

«Ma n'hai visto ch'era 'mbriaco cionco.» Non so chi delle due lo abbia detto.

Me ne rivado verso l'auto, ma proprio dall'altra parte della strada c'è un altro bar. Ottavo. Nono bianco. Prima di rimettermi alla guida mi fermo a pisciare dietro a un albero, dallo stomaco mi arriva una boccata d'acido, la sputo immediatamente ma nella bocca resta il sapore schifoso. A parte il vino non ho niente nello stomaco. Ho fame, sì, ci vuole una bella cena per festeggiare. A nemmeno cinquanta metri, un ristorante cinese. Mentre cammino sento l'euforia trasformarsi in torpore, pesantezza. Il volto sorridente di una cinese mi apre la porta del ristorante. La dimenticanza vola sulla mia testa, la sento, a breve si getterà in picchiata.

11

Mi ritrovo la faccia di Bruno, il nostro vicino di casa, a un centimetro dalla mia, mi volto dall'altra parte ed ecco sua moglie Marcella, mi stanno tirando su da terra, poi iniziano a portarmi a spalla. Di fronte a me si materializza mio padre, mi solleva quasi di peso, varchiamo la porta di casa così, come marito e moglie il primo giorno di nozze. Poi torna il buio.

Mi risveglia un botto forte, è il mio corpo, sono appena caduto dal letto. Mi tiro su lentamente, metà del corpo, quella dalla vita in giù, è zuppa, gelata per l'urina. Addormentata sui tre gradini ritrovo mia madre, ha la schiena poggiata al muro, in mano un fazzoletto. Le vado vicino, lentamente la sveglio, per tirarsi su la devo aiutare, dalla schiena le parte un rumore di ossa che scrocchiano accompagnato da una smorfia del viso. Prendo una sigaretta, anche lei ne vuole una.

«Prima o poi il Padreterno se potrebbe gira' dall'altra parte, ce pensi? Fino a mo t'ha detto bene, ma il giorno che te dirà male? I numeri so' numeri, una, due, mille volte, ma alla fine te deve capita' la nottata in cui sconti tutto, magari t'ammazzi solo te contro 'n albero, magari tu resti vivo e ammazzi uno dei genitori che vedi al Bambino Gesù, quelli che te fanno tanto pena. Ma tanto 'sti discorsi non servono, so' anni ormai.»

Non rispondo nulla, mi limito a un gesto d'assenso, i suoi occhi vanno ai pantaloni bagnati.

«Vattene a fa' 'na doccia.»

Immobile sotto il getto d'acqua, tento di strappare alla dimenticanza qualcosa, riesco a riprendermi alcuni frammenti, il vomito sotto il tavolo del ristorante cinese, lo sguardo schifato di una signora seduta lì vicino, subito dopo un altro flash, accaduto chissà dove, due ragazzi che mi trascinano, ma come e perché non riesco a ricostruirlo. Poi l'ultimo. L'incrocio enorme dove la Cristoforo Colombo diventa Pontina. Il semaforo rosso. Io che accelero invece di frenare. Le urla divertite.

Man mano che riacquisto un poco di controllo sul corpo inizio ad avvertire un dolore molto forte alle ginocchia, proprio sotto la rotula, su entrambe, oltre alla sbucciatura, s'intravede un grosso livido. Chissà dove sarò caduto. Oltre ai dolori inizia a montare sempre di più anche l'ansia. Tante facce di medico mi hanno ripetuto la stessa cosa, vera purtroppo: l'alcol appena bevuto esercita una funzione ansiolitica molto forte, poi si trasforma nell'esatto contrario, scatenando nel cervello una serie di reazioni chimiche violentissime. In pratica la testa passa dalla pace alla guerra, come il cuore, tutti i nervi.

Il tempo di ritornare in camera, di vestirmi, e il dolore alle ginocchia è diventato talmente forte da impedirmi quasi di stare in piedi. Il primo pensiero è per il lavoro, così conciato non potrei certo attaccare normalmente. Per fortuna è sabato mattina: mancano quasi due giorni interi al turno, di tempo per riprendersi ce n'è.

Buttato sul divano, cerco qualcosa alla televisione ma non mi fermo su niente, è metà mattinata, sono passato da noia a tristezza, da tristezza a disperazione, l'immobilità causata dal male alle ginocchia m'ha reso un bersaglio sin troppo facile da colpire. Senza quel male me ne starei in giro, in attesa di riaprire il valzer dei bianchi. Mia madre mi passa a fianco, lascia sul bracciolo del divano una lettera.

«L'ha lasciata il postino un secondo fa.»

Mi scrive il direttore di una rivista letteraria, è l'invito a mandargli dei testi, hanno in preparazione un'antologia di poeti nati negli anni Settanta e io sono tra quelli che vorrebbero inserire.

Mia madre, guarda caso, è rimasta lì in zona.

«Buone notizie?» mi chiede non appena abbasso il foglio.

«Sì, m'hanno scelto per un'antologia, bello.»

Lei attende ogni fatto, ogni novità, con la speranza che faccia accadere il miracolo: un figlio di colpo morigerato, felice, il giusto compenso alla vita che lei ha sacrificato per lui.

«Comunque, mo lascia sta' stanotte, l'ultima settimana è andata bene, no?»

Nemmeno mi risponde.

Il pranzo tra me e lei non consuma nemmeno un dialogo, una parola, ci limitiamo a commentare la mozzarella della signora Patrizia, certi rumori provenienti dalla strada per i lavori alle fogne. Un colpo di tosse violentissimo la scuote, le verso un bicchiere d'acqua.

Mentre beve mi ritrovo a guardarla, e a odiare me e il tempo per la vecchiaia che le stiamo dando. Ho sempre difeso mia madre da tutto e tutti, da bambino era una specie di vocazione, un compito naturale. Una volta, avrò avuto al massimo sei anni, un uomo ubriaco le si avvicinò fuori un ristorante, mio padre era andato a recuperare la macchina, e iniziò a importunarla. Ricordo il suo terrore, e tutta la fatica che fece per non trasmetterlo a noi figli. Di quell'uomo ubriaco potrei ora, a distanza di vent'anni, ricostruire il volto dettaglio per dettaglio, sino al colore degli occhi, dei capelli. Come ricordo perfettamente la forza rabbiosa che riuscii a tirare fuori, un bambino di sei anni che si aggrappa alle gambe di un adulto, che pezzo a pezzo lo scala come una montagna, che gli urla di andarsene, che mai niente e nessuno potrà toccare sua madre sino a quando ci sarà lui al mondo.

Dei ricordi che mi hanno travolto fino alle lacrime trattenute a stento, di tutto il bene immortale che provo, a mia madre non dico nulla. Quel che conta è che la tosse le sia passata.

Mio padre è sempre tornato sorridente dal lavoro, anche quando la stanchezza gli appesantiva il passo, intorpidiva le mani. Soprattutto il sabato sera, come oggi, era sera di festa, non tanto per il fine settimana senza lavoro, anzi, lui non starebbe più di un giorno senza lavorare, ma per il tempo che avrebbe trascorso con noi, la sua famiglia.

Per mio padre, stessa cosa mia madre, noi figli siamo stati l'unico patrimonio da difendere e accrescere. Stasera mio padre è rientrato ringraziando per l'ennesima volta i vicini Bruno e Marcella per il "favore" di stanotte. Il sorriso di circostanza gli crolla non appena chiude la porta. Per uno come lui, che fa della riservatezza e delle buone maniere il comandamento primo, posso immaginare la fatica per quella situazione. Mi passa a lato ma nemmeno mi saluta.

La sera si avvicina, malgrado il mal di ginocchia voglio uscire, arrivo vestito al tavolo apparecchiato per la cena, pronto per andarmene.

«Vattene a spoglia', tu stasera non esci.» Il vocione di mio padre arriva dalla sua camera, me lo dice quasi tutte le sere, sia lui che mia madre, alla fine però devono arrendersi; a parte legarmi, o inchiodare le finestre, le hanno tentate tutte.

«Vattene a spoglia', ho detto.» Nel frattempo mi ha raggiunto, ora è vicino a me.

«Papà, lo sai che tanto...»

Non mi fa finire nemmeno la frase, gli basta una mano, una sola, per attaccarmi al muro.

«C'ho cinquantasette anni, lavoro da quando ce n'avevo dieci, io un fijo come te non lo vojo più, basta, basta.» La sua presa si fa improvvisamente di piuma, gli occhi celesti perdono di fuoco. Mio padre cade in ginocchio, subito mi chino su di lui, mia madre arriva di corsa, si accuccia al suo fianco, ma prima mi guarda.

«Sei 'na maledizione, tutte le notti cerco de capi' che peccato ho potuto fa' pe' merita' un fijo come te.»

Nel corso degli ultimi anni ho strappato dai miei genitori parole così cattive che hanno fatto piangere loro ancora prima di me.

Non appena ne ha la forza, mio padre si ritira in camera senza nemmeno cenare.

«Vado a compra' 'na bottiglia, bevo qui, è sabato, cazzo.» Mia madre mi tira uno schiaffo.

«Brava, mo c'avrai la mano piena de capillari rotti, lo sai che te succede.»

Esco a prendere il vino, ma prima mi fermo a uno dei bar del paese, il bianco va giù freschissimo, passeranno al massimo due minuti e già mi sento meglio, anche il dolore alle ginocchia sembra diminuito.

Dall'uscita al mio rientro in casa saranno trascorsi al massimo dieci minuti, ma dei miei non c'è traccia, tutto è al buio, il tavolo della cucina è rimasto apparecchiato. Ritrovo sia lui che lei a letto, mio padre sembra dormire, mia madre è illuminata dalla brace di una sigaretta.

«Non ceno neanche io, buonanotte.» E si gira dall'altra parte.

Il rimorso usa le vene per passarmi da capo a piedi, ma dura poco, senza loro due a guardia potrò bermi la bottiglia intera.

Malgrado il sabato sera finito in quel modo, per il pranzo domenicale mia madre ha invitato mio fratello, mia sorella e relative famiglie. Mio fratello ha un bambino di un anno, mia sorella uno di due. I miei nipoti sono una fonte inesauribile di gioia, non mi fanno pensare a nulla oltre la loro perfetta piccolezza, le manine soprattutto mi commuovono, non so perché, ma di fronte al pollice di un centimetro cado tutte le volte. Il clima è infelice, i miei fratelli hanno saputo del malore di mio padre, la prima occhiata che mi regalano entrambi è fuoco puro, mi prenderebbero tutti e due a calci se potessero.

Per fortuna ci sono i piccoli, l'argomento si sposta al battesimo di Alessio, il figlio di mio fratello, e alla chiesa dove è stato celebrato, chiusa fino a nuovo ordine per un'invasione di scarafaggi. Tutti attorno al tavolo discutono della cosa, tranne me, semplicemente perché non ricordo nulla né della chiesa né del battesimo. Non è l'unica cerimonia che ho cancellato, anche il battesimo di Dario, il figlio di mia sorella, è andato in pasto alla dimenticanza, assieme a una manciata di matrimoni e di cugini.

Più o meno alla fine del secondo piatto, attorno al tavolo si è ristabilito il clima tradizionale, quello entrato nella storia della nostra famiglia, all'insegna del divertimento, la voglia di giocare e stare assieme. Anche io partecipo, o meglio, provo a farlo, spesso le mie parole cadono nel vuoto: è come se la voce non arrivasse alle orecchie dei miei familiari, ma qualche volta, grazie a battute dal perfetto tempismo, almeno un sorriso riesco a strapparlo. A tutti, tranne che a mio padre. Per fortuna ci sono i miei nipoti, loro sorridono e ridono con poco, gli basta una smorfia per attaccare con il loro canto divertito. Per un attimo i loro visi si sovrappongono ai tanti sofferenti che ho incrociato nella mia prima settimana al Bambino Gesù.

Capire quale disegno armi la scelta, un bambino al posto di un altro, da una parte la felice normalità, dall'altra l'anormale disperazione che si porta la malattia. I miei problemi nascono tutti da qui, dal voler capire quello che per gli uomini è stato e sarà sempre inaccessibile, gli altri accettano questa impossibilità perché altro non si può fare, io no, non riesco ad accontentarmi della statistica che vuole ogni cento bambini uno malato di cancro, uno di leucemia. Tutta un'enorme casualità, dalla nascita della Terra miliardi d'anni addietro alla sua morte lontana nel futuro.

Da quando c'è il mio problema, anche di domenica si evita di mettere in tavola qualsiasi bevanda abbia contenuto alcolico, e questo pranzo non fa eccezione. Sfogo la voglia di bere col cibo, mangio due volte ogni portata, soprattutto mi avvento sui dolci. Alle tre i miei fratelli se ne vanno, io saluto e mi ritiro nella mia stanza. In breve arriva il sonno, quello pesante, da pancia gonfia e digestione sofferta, mi sveglierò con la bocca impastata e il cerchio alla testa, ma alle conseguenze faccio a meno di pensare.

Sono le sei quando mi alzo, come previsto i sintomi ci sono tutti, dall'acido di stomaco alla testa pesante. Mi piacerebbe mandare giù un bel bianco, non per forza esagerare, quel tanto utile per dare il benvenuto alla tranquillità e poi alla dimenticanza. Ma domattina alle quattro e trequarti ho la sveglia per il turno del lunedì.

I miei cenano con una tazza di latte, io metto un pentolino d'acqua sul fuoco per una camomilla, con limone e zucchero non è così male, in realtà me la sto preparando per mandare un messaggio a mia madre e mio padre, è il nostro codice segreto, un'azione al posto delle parole.

Mia madre ha ricevuto il messaggio, va nella sua stanza e torna con il sonnifero, non mi è concesso sapere dove li nasconda. Il dolce della camomilla si mischia all'amaro del Tavor, la somma dei due sapori ne produce un altro, tutto sommato gradevole.

12

È un lunedì ventoso e la pioggia portata dalle folate cade in obliquo, Roma stesa ai piedi del Gianicolo riflette il grigio del cielo, un tempo da tristezza che non migliora con l'alzarsi della luce.

Al Bambino Gesù, ogni angolo al coperto è occupato da genitori e figli, alcuni sono bagnati fradici, una signora si asciuga con un giornale, altri con i fazzoletti per il naso. Questa è l'umanità, nuda, indifesa. In altri tempi mi portavo dietro un piccolo notes su cui appuntavo tutto, singole parole, spesso versi interi, sono anni che non lo faccio più.

I miei compagni di squadra sono già pronti, mi aspettano fuori dall'ufficio in mezzo agli altri.

«A poeta, annamo 'n po'.» Giovanni mi saluta con un colletto preciso, Claudio e Luciano sembrano ancora abbracciati al letto.

Stamattina la casetta dei bambini morti ha un nuovo ospite, lì fuori stazionano una decina di persone, tutte molto giovani, sui loro visi il pianto si mischia alla pioggia, sono bagnati da testa a piedi, ma non se ne curano, parlano un dialetto del Sud, forse calabrese. Io passo il più lontano possibile, gli occhi vorrebbero entrare nella casetta, ci provano ma io glielo vieto.

Nello spogliatoio ritrovo Aldo, il ragazzone che mi ha

dato del raccomandato, ci salutiamo con un cenno della testa, ci spogliamo senza scambiarci una parola, almeno sino
a quando non resto a osservarlo per bene. Visto da vicino è
grosso da fare paura.

«Scusa ma te lo devo chiede, quanto sei alto?»

Lui si gonfia all'istante, devo aver toccato il suo orgoglio,
la sua dote migliore. «Uno e novantasei pe' centoventi chili.» E fa un sorriso da bambino felice.

«I sei centimetri non li potevi da' a me? Tu eri alto uguale e io non ero basso.»

Si fa serio, non sembra aver capito la mia battuta, mentre
io torno per la vergogna con gli occhi incollati all'armadietto.

«Senti, pe' quella storia der raccomandato, non te preoccupa', te che colpa c'hai, io ar posto tuo avrei fatto uguale,
poi Giovanni m'ha detto che sei uno che non se tira indietro
sul lavoro, non te preoccupa' inzomma, tutti me chiamano
Aldone comunque, proprio pe' l'altezza.»

Ci guardiamo negli occhi, mi piacerebbe poter dire a
quel ragazzone che le sue parole sono la cosa più bella da
tanto tempo, non solo per la tregua che cercano, ma anche per il giudizio di Giovanni che hanno lasciato traspa-
rire. Sono un lavoratore serio, che non rifiuta la fatica, uno
come gli altri.

Quando torno all'ufficio vorrei, se dovessi seguire l'istinto, abbracciare Giovanni come un fratello.

«Er poeta ha fatto, mo potemo inizia' a lavora'.» Ci spostiamo salutando i colleghi, il clima è leggero, di scherzo continuo, una mano arriva sui capelli, me li scompiglia, è Adriana, nei suoi occhi continuo a sentire una richiesta, qualcosa
a cui lei non riesce a dar voce.

La giostra dei caffè è al primo giro, nel baretto persone
stipate da non credere, aliti di sigarette mischiati ad altri di
caffè, profumi e deodoranti, lacche per capelli. In mezzo al
mucchio c'è Marianna la sindacalista, parlotta con un'infermiera che ha in bella mostra la targhetta di caposala, salu-

ta Giovanni con un cenno della testa, per me un'occhiata di sufficienza e niente altro.

Ha smesso di piovere, come tante lumache compaiono per i viali bambini e genitori, seguono un percorso obbligato attorno alle pozzanghere sparse ovunque, in molti, come nel mezzo di una caccia al tesoro, hanno di fronte agli occhi una mappa da seguire, l'impegnativa medica con le indicazioni del padiglione da trovare.

La nostra meta è la sistemazione del controsoffitto negli uffici dell'amministrazione, situati in una piccola palazzina molto vecchia. Al primo piano troviamo a terra alcuni pannelli, gli impiegati, per precauzione, sono stati allontanati. Con l'aiuto di due scale, Giovanni e Claudio stringono con cura i bulloni della struttura che assicura i pannelli al soffitto. Io e Luciano, intanto, pensiamo a pulirli. In un paio d'ore tutto torna come nuovo. Solo un pannello, situato a un angolo del soffitto, non è in ordine come tutto il resto. Giovanni ci va sotto con la scaletta, prova a rimetterlo al suo posto, ma il pannello sembra bloccato da qualcosa, lui allora sale un altro gradino della scala e con tutta la forza delle braccia prova a smuoverlo. Un istante dopo sulla sua faccia cade una cascata di materia nera. È merda di topo, a guardare la grandezza degli escrementi, topi anche molto grossi. Giovanni scende dalla scala senza emettere suono, ha gli occhi chiusi e le labbra serrate, arrivato sul pavimento inizia a scrollarsi di dosso la miriade di escrementi che ha dappertutto, tra i capelli, nella maglietta della divisa, perfino nelle orecchie. Si spoglia completamente nudo, l'ultimo escremento se lo ritrova nelle mutande. Lentamente raggiunge i bagni dell'ufficio, un pezzo alla volta s'insapona il corpo. Io e gli altri gli diamo una mano, soprattutto con la schiena, che da solo non può raggiungere. Per asciugarsi toglie il rotolo di carta dall'alloggiamento.

«Adesso vado da Fabio, e quant'è vero Dio lo attacco ar muro, non me chiamo più Giovanni se non je metto 'na mano addosso.» Vederlo così incazzato, col viso arrossato dalla rabbia, fa davvero impressione, intanto ha iniziato a scrollare con foga i vestiti.

«Da òmini delle pulizie ce stanno a fa' diventa' schiavi, questi so' lavori da ditta specializzata, ormai fanno fa' tutto a noi.» Claudio e Luciano annuiscono concordi.

«Scusate, io so' nuovo e tante cose non le so e non le capisco, ma quella del sindacato che fa? Per una cosa simile se rischiano malattie gravi, i topi attaccano la leptospirosi.»

«Danie', quella se fa i cazzi sua, l'hai capito pure te, nella vita o te difendi da solo o non te difende nessuno.» Giovanni ha risposto per tutti. Né io né gli altri abbiamo più niente da dire.

Con l'aspirapolvere tolgo gli escrementi di topo dall'ufficio, cadendo si sono infilati dappertutto, gli altri intanto asciugano l'acqua che Giovanni ha sparso per lavarsi.

A passo di marcia raggiungiamo il nostro ufficio, entriamo tutti e quattro, il sorriso di Fabio si spegne non appena ci guarda in faccia. Giovanni mette sulla scrivania un guanto di lattice annodato, lo apre: dentro, come tante codette di cioccolato, la merda di topo.

«'N'ora fa ce n'avevo addosso 'na chilata, qua prima o poi se famo male, se tu e quell'altro non ve imparate a di' de no inizio a dillo io.»

Fabio resta senza parole, prende tra le dita il guanto e lo butta nel cestino. «Lo sai che non è colpa nostra, è la cooperativa, tra un po' scade l'appalto, non dicono no a niente.»

Giovanni vorrebbe rispondere ma si trattiene, la rabbia gli tira fuori un sorriso storto, s'avvia fuori dall'ufficio.

«Namose a pija' 'n caffè, va.»

Alle dieci di tutta la pioggia, il grigio disteso come piombo, non c'è più una traccia che sia una. Ora è primavera tiepida, al sole genitori e figli attendono il proprio turno fuori dai tanti ambulatori, i giacconi ancora umidi ad asciugare sulle carrozzine, al loro posto sono spuntate le maglie leggere, sui più coraggiosi addirittura le mezze maniche.

A Giovanni la rabbia non è passata, si è trasformata in silenzio teso, malumore, se ne sta attaccato alla lavasciuga, una grossa macchina con cui sta pulendo il linoleum che collega il padiglione Sant'Onofrio al Salviati, io e Luciano ci occupiamo delle gomme da masticare, bastarde da togliere, Claudio con la stecca lava alcune vetrate basse. Tutti e quattro abbiamo più o meno lo stesso stato d'animo.

«Aò.» Mi giro verso Luciano, subito mi indica un culo di ragazza, grande, più che grande, enorme, fasciato da un paio di jeans neri aderenti al punto da scoppiare.

«Guarda quanta salute.»

«Ammazza, pure troppa.»

«Che troppa, scherzi? Non è mai troppa, a me la donna piace morbida, tanta, con le secche che ci fai? Anzi, per me quella è pure troppo magra.» Luciano sarà alto un metro e ottanta e peserà al massimo settanta chili, un pennellone lungo e fino.

«A te invece come piacciono?»

«A me? Normali, piccole, perché non me posso permette 'na donna da un metro e ottanta.»

Mentre parliamo noto a non più di tre metri da me una scarpetta, gli occhi mi vanno a una ragazza con la carrozzina che si sta allontanando. Raccolgo la scarpetta e corro per portargliela. Il bambino nella carrozzina ha la sindrome di down, mostro la scarpetta alla ragazza, mi sorride: sì, è la loro.

Il bambino si è fermato a guardarmi, mi chino su di lui, gli prendo la gamba per rimettergli la scarpa, ma c'è qualcosa che non torna, dentro il pantalone sento il polpaccio ma il piede sotto non c'è, lo cerco ancora ma niente. Sua madre si china su di me, mi prende la scarpetta dalle mani, la poggia alla pedana della carrozzina come fosse l'elemento di una scenografia. A suo figlio non manca solo il piede, anche la mano destra non c'è, lei ha saputo mascherare anche quest'assenza: a guardarlo di sfuggita si direbbe che è nascosta dentro la manica del maglioncino.

Basta osservare con cura, farsi portare nella vita degli altri. Lungo questo corridoio è offerta l'intera gradazione del dolore che attecchisce sui bambini. I più fortunati, animati da una salute di ferro, passeranno qui dentro una mattinata, poi via verso la propria vita, fatta di giochi e divertimenti. Quelli meno, invece, combatteranno con ben altro male e futuro, ad alcuni basta il colorito per dimostrarlo, su altri le cicatrici sono più evidenti, su qualcuno immonde. Mi sento su una giostra da mal di mare, passo dal divertimento per un culo enorme di ragazza al dolore profondissimo, la pena che mortifica, uno svilimento sconosciuto che mi toglie in un istante tutta la forza.

Gli altri tre hanno iniziato a riporre gli attrezzi, abbiamo terminato il nostro lavoro, da lontano Claudio porta alla bocca una tazzina di caffè invisibile, poi mi indica. Lo so. È il mio turno alla cassa.

È mezzogiorno quando iniziamo a riporre gli attrezzi nel nostro gabbiotto, Giovanni è rimasto a parlare con Fabio, noi intanto riponiamo tutto con ordine, inoltre dobbiamo segnare su un foglio i detersivi e tutti i materiali che ci mancano per i prossimi sgrossi. La giornata è finita e ho una nostalgia enorme del mio bianco, la settimana è appena cominciata ed è ancora lunghissima, per arrivare a un bancone di bar devo attendere la bellezza di cinque giorni.

Giovanni ci raggiunge.

«'Na giornata de merda come pò fini'? Sempre de merda, no? Lucia sta male, tocca fa' ar volo lo svòto e lo spolvero dentro i lungodegenti de Chirurgia plastica.» Tutti e tre annnuiamo sbuffando, poi Giovanni si volta verso di me.

«Tu Danie' è mejo se non vieni, la lungodegenza de Chirurgia plastica è 'n reparto brutto, dà fastidio a gente che sta qui dentro da anni, mejo de no.»

«Invece vengo, il lavoro è lavoro.»

Mi risuonano le parole di Aldo, anzi Aldone, nello spogliatoio. Non voglio deludere Giovanni, né nessun altro, io non sono diverso dai miei colleghi, se ce la fanno loro ce la devo fare pure io. La sudorazione aumenta quasi subito, così come l'ansia, vivo in uno stato di perenne allerta, e questa situazione è perfetta per acuire ancora di più i miei problemi, una realtà che non conosco e che mi attende, ricostruita nella mia mente come il peggiore dei mondi possibili.

Il padiglione di Chirurgia plastica si trova al Sant'Onofrio, l'ala più vecchia dell'ospedale, se si ama l'architettura degli anni Venti è anche la più bella, al piano terra una vetrata in stile liberty affaccia su un giardino interno con fontana, i piani sono collegati da una grande scala in marmo, all'ultimo c'è la nostra meta, chiusa da una porta rossa molto pesante.

Le prime due stanze sono occupate da bambini con labbro leporino, l'ospite della terza non riesco a vederlo del tutto, ha qualcosa, una specie di ustione che gli copre il capo e parte del viso, ma l'istinto di sopravvivenza mi abbassa gli occhi. Provo a rialzare la testa, a riportare lo sguardo ad altezza d'uomo, ma la quarta stanza me lo fa chinare di nuovo, poi la quinta e la sesta.

«Ciccio.» Una voce di bambino mi ferma, proviene da una delle stanze in cui ho solo fatto finta d'entrare. «Ciccio, me lo faresti un favore.»

Mi giro verso la quinta stanza, è da lì che il bambino mi sta chiamando.

«Ce l'hai con me?»

«Sì, m'è caduto sotto il letto il telecomando del televisore, ho chiamato l'infermiera ma è l'ora delle medicazioni.» La voce che mi parla sembra fatichi a uscire dalla bocca che l'ha pronunciata.

Un passo alla volta entro, il bambino sta sopra le coperte, ha i piedi senza calzini, dalla loro grandezza avrà più o meno otto, nove anni. Ha un braccio, una spalla intera, fasciati, oltre non riesco a guardare. Cerco d'individuare il telecomando, prima lo trovo e prima potrò andarmene da lì dentro. Eccolo. La caduta lo ha fatto finire sotto la finestra, velocemente vado e lo raccolgo, poi lo poggio sul letto, accanto al braccio libero da fasciature. Ho fatto tutto senza mai guardare in faccia il bambino.

«Grazie Ciccio.»

Sono un mezzo uomo, ma non al punto da non guardare negli occhi un bambino che mi ringrazia. Tiro su la testa con una fatica immane. Non so quale incidente, quale sciagura abbia divorato parte del viso di questo bambino, s'intravedono cicatrici più vecchie accanto a segni più freschi, il lento processo per restituirgli un viso da umano.

«Prego.» Esco subito dopo.

Nella mia vita mi sarà capitato una manciata di volte di trovare una realtà peggiore di come la mia mente l'aveva anticipata. Questo posto è una specie di freak-show, un circo dedicato alle creature malriuscite o rosicate dagli eventi. Qui la malattia non accade al riparo del corpo, ma è fuori, esplosa o strisciante su visi, corpi ancora piccolissimi, deformati, mutilati, in un modo che non vorrei per la più ignobile delle bestie. Se la bellezza è dono per il mondo, a chi serve il loro orrore? Questi piccoli cosa rappresentano? Il peccato? E di chi? Non certo loro, nati con una dote tremenda e immeritata, da smussare un poco alla volta, operazione dopo operazione. Mi fiondo dentro un bagno di servizio, chiudo la porta a chiave, poi piango, piango, mi si piegano le ginocchia ancora indolenzite, resto a occhi chiusi tentando di riprendermi, ma stare lì mi fa sentire meglio, a poco a poco le lacrime sembrano restituirmi la facoltà del respiro. Qualcuno bussa.

«Danie', tutto bene?» È la voce di Luciano, mi avvicino alla porta.

«Sì sì, l'ultimo caffè era de troppo.»

Il tempo di sciacquarmi il viso, di provare davanti allo specchio qualche sorriso, giusto per vedere se ho riacquistato un poco di normalità.

Giovanni e gli altri mi aspettano lì fuori.

«Scusate, una smossa di corpo pazzesca.»

Non so se mi credano, neanche m'importa, sono troppo impegnato a guardarmi la punta dei piedi, rialzo lo sguardo solo dopo aver varcato la porta rossa dell'ingresso.

Mentre torniamo verso l'ufficio penso alla stranezza del caso, o meglio, alla sua ironia precisa come un laser: non gli bastava farmi trovare lavoro dentro il Bambino Gesù, no, mi doveva far finire anche in squadra, nei globe trotter delle pulizie, i jolly pronti a tutto. Proprio a me.

Nello spogliatoio gli smontanti, come noi, si mischiano ai montanti del pomeriggio, il risultato è un carnaio compresso in pochi metri quadri. La discussione coinvolge tutti, Carmelo è al centro del capannello.

«Voi ce scherzate, 'a Lazio è forte forte, questi vanno a vince 'o scudo.» Le reazioni sono diverse a seconda della fede calcistica, la maggioranza è della Roma.

«Carme', te più che romanista sei antilaziale, c'hai er terore» gli risponde Claudio.

«Voi dite così, ma quest'anno ce la fanno, date retta a me.» Da quasi tutti i presenti, soprattutto quelli di fede giallorossa, partono gesti scaramantici vari, c'è chi si gratta le palle, chi tocca ferro, chi tutt'e due. Anche Amir, l'egiziano pizzettaro, è della Roma.

«'A Lazio non vince, tranquillo frate'» dice a Carmelo, ma lui niente, non si tranquillizza. L'unico non coinvolto nella discussione è Stefano, se ne sta davanti al suo armadietto, dà l'idea di essersi svegliato da poco, di certo ha passato la nottata assieme all'eroina, di tanto in tanto sembra perdere l'equilibrio, è come se si stesse cambiando nella stiva di una nave in mezzo al mare grosso.

«Ste', di che squadra sei?»

Non si gira subito, quando lo fa è al rallentatore. «So' della Lazio, questi già me odiano, mejo che me sto zitto.»

«Capirai, se 'o sa Carmelo je viene 'a rosolia.»

«No, che rosolia, je viene er fòco de Sant'Antonio, n'o vedi come s'accalora.» E mi indica Carmelo, paonazzo dietro l'idea di una Roma piena di bandiere biancocelesti in festa.

Saliamo a timbrare tutti assieme, cammino accanto a Stefano, mi sta raccontando il suo progetto, sono un paio d'anni che mette i soldi da parte assieme alla sua fidanzata.

«Lavoro più bello non c'è, credeme, te ne stai all'aria aperta, in mezzo a fiori e piante, de giardinieri bravi ce ne stanno pochi in giro, a me m'ha insegnato un maestro vero, poi magari agganci un lavoretto tipo qui dentro e te ritrovi a lavora' cor Vaticano.»

Dai discorsi che fa, i sogni che coltiva, Stefano sembra togliere di mezzo il presente che lo vuole eroinomane, è una cosa normale, così si comportano anche le malattie del resto, ci aggrappiamo al tempo in cui eravamo capaci di immaginare un futuro, e desideri da realizzare. Stefano è simpatico, intelligente, uno spreco di vita senza giustificazioni. Su di lui riesco a scorgere con nitidezza quel che sto facendo anche a me stesso, ma questo non cambia la sostanza.

All'una e venti una sequenza di almeno venti timbrature di cartellino interrompe tutte le discussioni tra montanti e smontanti, poi è solo un "ciao ciao" veloce. Proprio quando sto per andarmene ecco spuntare Marianna, la sindacalista, gli occhi le vanno alle mie scarpe da ginnastica, le stesse con cui lavoro, dopo una settimana sono praticamente da buttare, lei mi sorride in faccia, sembra così contenta. Le passo a fianco senza nemmeno salutarla.

Toc toc.

Oggi è vestito con una tuta acetata, non appena alzo gli occhi mi sorride, io faccio lo stesso con lui, poi torna im-

mediatamente serio, a gesti mi chiede, ordina, di restare
lì, e scompare. Torna con un nuovo disegno, lo poggia al
vetro della finestra, ma qualcuno da dentro attira la sua
attenzione, smette immediatamente quel che stava facendo con me.

COR-NU-TO, Toctoc fa appena in tempo a dirmelo.

Non ho fretta, anzi, uscire dall'ospedale mi mette una
gran paura.

Il reparto di Toctoc è Nefrologia, a parte il fatto che si oc-
cupa dei reni ne so davvero poco, un passo alla volta arrivo alla porta della sua stanza, entro, gli occhi mi vanno al
disegno che stava tentando di farmi vedere prima di essere chiamato, un enorme razzo nero e rosso corredato delle
immancabili corna.

«Chi è lei, mi scusi?»

Un'infermiera attorno ai cinquanta mi viene vicino.

«Mi scusi, lavoro alla cooperativa e...»

«È un parente del bambino? Ha qualche diritto a stare qui?»

«No, io lavoro qui.»

«Se non ha nessun diritto esca immediatamente.» La faccia dell'infermiera è risoluta al punto da apparire brutale.

«Vorrei soltanto sapere come si chiama il bambino di
questa stanza, lavoro nella cooperativa che fa le pulizie qui
dentro, mi piacerebbe conoscerlo, sapere cos'ha, tutto qui.»

Alla mia richiesta fa un verso da animale, qualcosa tra
cavallo ed elefante.

«E secondo lei noi diamo informazioni sui nostri pazienti così? Solo perché lei fa le pulizie qui dentro si sente in diritto di conoscere tutto? Mi risponda.» L'imbarazzo cresce
assieme alla rabbia, sento il viso gonfiarsi per la vergogna,
farsi rosso.

«Ecco, non risponda, esca per favore.»

Mi ritrovo per il viale, sentirei meno dolore se mi avessero preso a schiaffi, provo a vedere se Toctoc è tornato nella
sua stanza, ma la finestra è deserta.

TOCTOC

13

Questo martedì non si parla d'altro, l'onda lunga della domenica non si è ancora placata, anzi. Dopo anni la città di Roma era lì lì per conquistare lo scudetto, sponda biancoceleste.

È il diciassette maggio, la scorsa domenica la Lazio ha pareggiato a Firenze e si è fatta scavalcare dal Milan alla penultima di campionato, in pratica a un metro dal traguardo. Molti romani hanno festeggiato il risultato alla pari di un miracolo manifesto, ieri Carmelo ha offerto il caffè a tutti, alcuni infermieri gli chiedevano ragione di tanta gioia, magari la nascita di un figlio o una vincita inaspettata.

«De più, 'a Lazio s'è magnata 'o scudetto.»

Sono oltre due mesi ormai che lavoro al Bambino Gesù, sono volati via come questa primavera esplosa precocemente in estate.

L'attaccamento al mio lavoro è cresciuto di giorno in giorno, come l'inspiegabile attrazione che provo per questo posto, capace di uccidermi a ogni passo e allo stesso modo di farmi ridere di una spensieratezza mai provata prima. La bilancia delle mie giornate vede su un piatto il male dei bambini, sull'altro, in equilibrio sempre incerto, il rapporto che si è ormai instaurato con tutti i miei colleghi, a parte Marianna la sindacalista. In due mesi e poco più ho consumato tre paia di scarpe, né lei si dà da fare per farmi avere quelle antinfortunistiche né io ci penso minimamente ad andarle sotto per iscrivermi al sindacato.

Con gli altri è nato qualcosa di simile all'amicizia, una solidarietà sconosciuta, quello che loro mi stanno insegnando è la leggerezza, la capacità di sorridere di fronte a ogni agguato della vita. E loro, i miei colleghi, di impicci e imbrogli, di lotte da fare qui dentro e fuori, ne hanno che io non potevo neanche lontanamente immaginare.

Qualcuno ha preso il volo, diretto verso altri appalti della cooperativa, come Aldone, trasferito in un ospedale molto più vicino a Torre Maura, dove vive con madre e padre. Anche Paola, la collega dei bagni per il pubblico, ha cambiato aria, ora lavora all'aeroporto di Ciampino, sempre con la cooperativa. Per gente che se ne va altra ne sbarca, al posto di Aldone è arrivato Massimo, di viale Marconi, la sua compagna, Michela, è un'altra collega della cooperativa. Con Massimo la simpatia è scattata immediatamente, lui fa la mattina fissa, ha la testa pelata, il baffetto sempre preciso e una certa antipatia per il lavoro in quanto tale. La cosa che gli riesce meglio è il cazzeggio, vicino a lui tutto finisce beatamente a gioco e scherzi, se l'allegria è l'unico bene su questa Terra lui è ricco da fare invidia. Uno dei nostri obiettivi preferiti è Luciano, lo prendiamo per il culo per la sua insaziabile voracità sessuale, tutta teorica. Dopo il mio slancio iniziale, Luciano non ha fatto altro che chiedermi di uscire assieme, io sono riuscito di volta in volta a prendere tempo, ma ormai non è più possibile. Forse questo venerdì ci vedremo, anche se non ho ancora idea di che cosa gli farò fare.

Oltre ai rapporti umani, c'è una cosa del mio lavoro che non smette di sedurmi, tutti i giorni. È bello vedere le cose rinascere, farle tornare splendenti come quando erano nuove, ci vuole fatica, determinazione, ma il risultato è un insulto al tempo che vorrebbe avere la meglio su tutto, comandare sempre lui. L'aspetto più importante, però, è un altro, e fa tutta la differenza del mondo: il mio lavoro mi calma. I gesti meccanici, come possono essere quelli che servono per lavare per terra o pulire un vetro, mi permettono di ragionare senza finire in pasto all'ansia, forse perché la testa è impegnata a gestire il corpo preso dalle azioni da svolgere e non può concentrarsi tutto sul ragionamento o l'ossessione di turno. Da un paio di settimane ho anche iniziato a usare la monospazzola. Non sono mai andato a cavallo, ma la sensazione non dev'essere molto diversa. È come avere a che fare con una bestia, la si deve assecondare ma, al momento giusto, richiamare all'ordine, altrimenti finisce col farti del male. Con i tre della squadra il rapporto è ottimo, ormai li conosco bene, so di ognuno pregi e difetti, quelli veri e quelli dichiarati. Giovanni è un testone, un orco capace di slanci di generosità che farebbero invidia ai principi delle fiabe. Claudio, invece, è se vogliamo il più furbo, innamorato di Cinzia quanto disamorato della fatica vera. Luciano prima o poi dovrà scopare, anche perché la sua rischia di diventare una patologia, qualcosa da ambulatorio e medicine.

Il bicchiere di bianco è ancora lì, la decisione di lasciarlo al fine settimana è dura da gestire, ma ce la sto facendo, anche perché dal venerdì sera recupero con gli interessi. A casa si va a due velocità, a partire dal lunedì il rapporto coi miei migliora di giorno in giorno, per poi ricrollare il venerdì notte, o il sabato mattina a seconda del caso. In questi due mesi i guai combinati sotto dimenticanza sono stati tutto sommato nella media. Un paio di tamponamenti, graffi e lividi procurati chissà come e dove, i tremori pronti a ritornare nella loro precisa scompostezza.

Un cambiamento nella mia relazione con l'alcol in questi ultimi due mesi però c'è stato, eccome. Da quando ero bambino ho vissuto accanto alla certezza del detto *in vino veritas*, come se l'alcol fosse uno specchio attraverso il quale potersi vedere per quello che si è veramente, nel profondo, una rivelazione della propria natura più originale. Pura menzogna. Vecchia di millenni, ma pur sempre menzogna. I pochi frammenti di questi mesi, quelli risparmiati dalla dimenticanza, mi ricordano per come mai sono stato in vita mia. Cattivo. Una ferocia che non si accontenta più di distruggere se stessa.

Ho un ricordo, l'unico intero, a farmi visita nelle notti di sobrietà, quando prendere sonno è una specie di grazia da inseguire nel buio, malgrado il corpo sconfitto dal lavoro.

Piazzale Ostiense, saranno state le tre di notte, chissà perché ma riesco a resistere alla dimenticanza, al suo posto un'euforia cattiva, lucida, proprio sulla curva della rotatoria stringo troppo e vado contro un'altra macchina, in pratica le taglio la strada. Scendono tre ragazzi, massimo ventenni, mi vedono da solo e pensano di potermi intimidire, fanno i coatti, non sanno che di fronte a loro hanno un concentrato di follia allo stato puro, incapace di sentire qualsiasi forma di dolore umano.

Arriva un'Alfa dei carabinieri a interrompere la lite, appena li vedo, con la sicurezza di un attore abituato a calcare i più grandi palcoscenici del pianeta, vado verso la guardia più anziana, la prendo sottobraccio.

«Sono il nipote del presidente del Bambino Gesù, non voglio problemi, ma quei ragazzi sono un pericolo, per poco non m'ammazzano, saranno sicuramente drogati.»

Il carabiniere non mi chiede documenti, non dubita nemmeno per un attimo delle mie parole, inizia a guardare i tre ragazzi, i loro jeans sdruciti, i capelli a zero, nella sua mente il quadro è fatto. «Ci pensiamo noi, non si preoccupi.»

Lascio i tre ragazzi nelle mani dell'Arma, sono bianchi cadaverici, hanno la classica espressione di chi ha qualcosa da temere, intanto i carabinieri gli hanno fatto abbassare i pantaloni, li stanno perquisendo palmo a palmo, senza essere visto li saluto con la mano, poi gli tiro un bacio.

Questo martedì notte ci aspetta lo sgrosso del Lactarium, un lavoro tra i più semplici, facendo le cose per bene si riesce a finire per le quattro. Di solito, quando terminiamo il lavoro in anticipo, tre della squadra se ne vanno e il quarto, a rotazione, resta sino alle sei per timbrare i cartellini di tutti.

Il primo caffè lo prendo con Stefano, ha finito il turno ed è pronto per tornarsene a casa dalla ragazza. Almeno un paio di volte tento di prendere il discorso, mi piacerebbe dirgli: "Caro Stefano, ti parla uno con problemi di alcol, perché non provi a regolarti con l'eroina? L'alcol pure ti uccide, ma con più moderazione, tu invece ti stai consumando troppo vistosamente, perché non provi a fare come me? Un grammo te lo spari il venerdì sera, se vuoi pure il sabato, ma durante la settimana a stecchetto". Ma non ho il coraggio di fare nessun discorso con lui, forse se avessi da qualche parte la presunzione di un primato da offrirgli come termine di paragone, proprio io.

Stefano se ne va, non faccio in tempo a uscire dal bar che la manona di Giovanni mi rispinge dentro.

«'Ndo' vai, oggi er primo tocca a te.» Dietro di lui, Claudio e Luciano.

In questi due mesi d'ospedale sono tante le malattie che ho imparato a conoscere, non attraverso manuali o banchi di scuola, ma dai racconti di padri insonni dentro notti infinite, altre da infermieri che le illustrano come film visti al cinema, o ancora da parole rubate negli ascensori, rubate dappertutto.

La conoscenza non si ferma alla malattia, so collocare all'interno dell'ospedale almeno duecento visi di genitori, quelli del Salviati, quegli altri dello Spellman, del Sant'Onofrio, del Pio XII, di molti ho presenti anche i figli, di altri no, tutti quelli immobilizzati a letto o che non possono lasciare il reparto per ovvie ragioni. Naturalmente per instaurare questa conoscenza muta tra me e loro occorrono certe condizioni, la prima è legata alla loro permanenza, diciamo che per farmeli memorizzare devono stare qui dentro almeno un paio di settimane buone.

Una delle ultime a essere entrate nel mio album personale è una ragazza di non più di trent'anni, piccola di statura, i capelli legati in una crocchia scomposta: lei è riuscita a farsi memorizzare in molto meno tempo. Se ne sta fissa all'ingresso del Pio XII, spesso in compagnia di altre persone, spesso da sola, la delicatezza del suo viso è come stravolta da dentro, qualcosa che spinge, che vorrebbe uscirle dagli occhi, dal naso, da ogni buco del corpo.

Il Lactarium ha una serie infinita di frigoriferi, poi banchi d'acciaio su ogni lato, e naturalmente, stipati ovunque, biberon e tiralatte. Il lavoro non troppo pesante permette anche alla testa di essere più leggera, e il buon umore ne giova di conseguenza. Il nostro soggetto preferito è sempre Luciano, Giovanni gli sta facendo una paternale appassionata.

«Tu ce devi parla', je devi di' "a zio, io non posso vive come vivevi tu, io non so' prete, me piaceno le donne".»

«Ciccione» sottolinea Claudio.

Giovanni lo zittisce con un gesto.

«Ma questo che c'entra mo, come je piaceno je piaceno, tu 'sto discorso a tu' zio je lo devi fa', tu prima o poi te sfoghi su quarcuno de noi, è questo che me preoccupa, io inizio a' avecce paura pure a' abbassamme.» Invidio la capacità di Giovanni di restare perfettamente serio durante le sue battute, l'effetto più d'una volta m'ha fatto piegare sulle gambe con i crampi alle mandibole.

Fuori dal Lactarium un corri corri d'infermiere, poi di genitori che si affacciano dalle stanze, Claudio va verso la porta a vetri, la apre, dalle finestre che affacciano sull'ingresso del Pio XII un delirio di urla, voci che si accavallano, pianti di bambini. Subito corriamo alle finestre per vedere.

Al centro di un capannello di persone che la vorrebbero calmare c'è lei, la ragazza appena entrata nell'album delle mie conoscenze mute. Sembra posseduta dal demonio, sul fisico minuto è calata una forza spaventosa, due, tre uomini tentano di placarla ma lei li respinge come fossero di carta, anche la lingua si è trasformata in un alfabeto oscuro, minaccioso. Non c'è nessun diavolo dentro di lei, solo un dolore incontenibile che l'ha trasformata nella furia che è ora. Tutt'attorno gente chiamata a quello spettacolo di pena, immobilizzata. Quella ragazza ha ricevuto una notizia, qualcosa che l'ha fatta esplodere a quel modo, non c'è altra spiegazione possibile.

«'Nàmo va», Giovanni ci richiama all'ordine.

Riprendiamo lo sgrosso del Lactarium senza il divertimento di qualche minuto prima, il male, per quanto ci si possa dichiarare immuni, è una malattia che contagia tutti, anche quelli che a parole dicono di non soffrirlo.

All'una passata abbiamo finito la prima parte dello sgrosso, i compari di squadra se ne vanno a mangiare, io inizio il mio solito passeggio di ricognizione. Ormai ho una serie di tappe precise, c'è l'infermiera del Salviati, quella dello Spellman. Parlo tanto di Luciano, ma ormai anch'io appartengo alla categoria dei casti per forza. Il passeggio termina al cancello dell'entrata lato ambulatori, ovvio che il pensiero corra a lei. In questi due mesi l'avrò incrociata almeno una ventina di volte. La madonna è sempre più bella, ha cambiato taglio di capelli, adesso li porta leggermente più lunghi. Un poco di coraggio da quando lavoro all'ospedale me lo sono ripreso, resto un timido cacasotto, ma prima o poi le voglio parlare, magari le offrirò un caffè come fanno gli adulti, le racconterò della scrittura, non ho mai regalato poesie a una ragazza, lei potrebbe essere la prima.

Lungo il percorso di ritorno al Lactarium passo di fronte all'entrata del Pio XII, la ragazza è ancora seduta sulla sua panchina malgrado sia l'una e mezzo, ora al posto della furia c'è il silenzio, solo gli occhi gonfissimi ricordano l'esplosione di poche ore fa. Al suo fianco ci sono due signori di una settantina d'anni, lei sta al centro, sembra diventata piccolissima, inerme, un animale pronto a ricevere il colpo finale.

Sotto al Sant'Onofrio, per un automatismo che non riesco a togliermi, vado con lo sguardo alla finestra di Toctoc. Sarà stata la fine di aprile quando ha lasciato l'ospedale, mi sarebbe piaciuto salutarlo in qualche modo, ma purtroppo non ne ho avuto modo.

Alle due e cinquanta il Lactarium è pronto per accogliere al suo meglio mamme e neonati. Pigramente ci muoviamo verso il nostro ascensore, il montacarichi di servizio. Mentre scendiamo verso il piano terra, Claudio si lamenta per il panino con cicoria ripassata che gli ha fatto la moglie, ormai sono ai ferri corti a sentire lui, stracarico di aglio fino alla nausea, come dimostrazione alita a non più di un centimetro dalla bocca di Luciano, il povero non fa nemmeno in tempo a riprendersi che gli arriva dalla stessa distanza una nuova alitata, questa volta da parte di Giovanni, al sapore di tonno e pomodoro. Parte la scena solita, Luciano s'incazza per lo schifo ricevuto, in serie gli arrivano un po' dappertutto schiaffi e schiaffetti, il risultato finale è il divertimento di tutti.

Al secondo piano l'ascensore si ferma, entra un ausiliario con una lettiga, a prima vista vuota. Poi, nella penombra del montacarichi, un pezzo alla volta, emerge dal bianco del lenzuolo un piccolo corpo. Cinque uomini e un bambino morto in un montacarichi, solo silenzio, silenzio e niente altro. L'ausiliario, un uomo sulla sessantina, ci guarda uno a uno.

«Ma che cazzo ve sète magnati.»

«Sono questi due stronzi, m'hanno alitato addosso» fa Luciano, nel suo italiano a cadenza sarda.

«Li mortacci vostra» dice di rimando l'infermiere, rivolto a tutti e quattro.

Si ricomincia a ridere, anche io, con la mano intanto accarezzo il lenzuolo che copre quel figlio, sindone che verrà lavata e disinfettata, fino a perdere ogni traccia di quel corpo che ora protegge.

Il pensiero corre alla ragazza che stasera è esplosa fuori dal Pio XII, chissà, forse questo bambino era il suo, quello cresciuto nella sua pancia.

Arriviamo al piano terra, l'ausiliario va con il suo carico verso la casetta dei bambini morti, noi ci dirigiamo dall'altra parte, verso i nostri spogliatoi. Lontana, di fronte alla porta verde della casetta, eccola, proprio lei, la ragazza divenuta furia, un passo alla volta viene incontro alla sua creatura, le braccia protese, niente più lacrime o grida.

Lì, mentre gli occhi per l'ultima volta salutano quella madre e quel figlio, un diluvio dalle viscere, un incendio invisibile che prende, parola dopo parola, la forma di una preghiera.

14

Con la prima busta paga ho comprato un telefonino nuovo, l'ho preso giallo, ho pensato che di quel colore così lampante sia più difficile scordarselo su qualche bancone di bar, malgrado la dimenticanza.

Sono le cinque di pomeriggio di mercoledì quando mi chiama Giovanni.

«Stasera devi veni' prima, ar massimo pe' le sette, c'aspetta er capoarea, c'avemo 'na cosa extra ospedale da fa'.» Ormai lo conosco troppo bene, lui e la sua incazzatura.

Prendo quella telefonata come una benedizione, in casa non riesco a vietarmi la tristezza, i cambiamenti che il Bambino Gesù ha portato nella mia vita si fermano alla porta d'ingresso. È una specie di ordine, una sequenza di sentimenti, un viaggio che porta sempre allo stesso non luogo. Qui non ho altre risposte se non l'alcol desiderato.

Virgilio è il capoarea della cooperativa, il Bambino Gesù è solo uno degli appalti che controlla. Il nome aulico non deve trarre in inganno, Virgilio è un ex operaio, testa con pochi capelli su faccia da bandito.

È l'unico capoarea che conosca, la foto che gli ho fatto è più o meno questa, confortata dallo spezzato stretto sulla pancia che sfoggia questo pomeriggio: uno che mangerebbe nel cranio di sua madre pur di crescere nella cooperativa, tutto pur di togliersi dalle mani l'odore di decerante e candeggina.

«Ragazzi, ho parlato col presidente della cooperativa.» Lo dice come fosse una specie di atto regale con tanto di timbro e ceralacca. «Lui in persona si è impegnato con un alto prelato, 'na cosa grossa insomma.»

Giovanni, già spazientito in partenza, sbuffa a ripetizione.

«Dobbiamo svuotare degli uffici, entro dopodomani, naturalmente gli straordinari so' tutti in busta paga.»

«Dobbiamo, Virgi'? Perché, ce dai 'na mano pure te?»

La battuta di Giovanni fa sfoggiare a Virgilio un sorriso falsissimo.

«Giova', sei sempre il solito, io no, però ho detto a Massimo de davve 'na mano.»

Appena evocato, col suo passo ondeggiante, ecco arrivare Massimo, già bello in divisa; ci guarda uno per uno, quando arriva a Giovanni perde un poco del suo smalto.

«Tutto qui?» chiede Giovanni a Virgilio, lui annuisce.

«Sì, tutto qui, dovresti esse contento, meno siete e più straordinari arrivano.»

«Sì, ma la schiena è una sola, e quanno se spezza se spezza.»

Giovanni si avvia per non dire altro, in fila indiana gli andiamo dietro tutti, Massimo mi si avvicina.

«Ma se sa quarcosa de più preciso, quanto è grosso 'sto posto che dovemo svota', se c'avemo attrezzi a disposizione?» La sua voce tradisce tutta la mancanza di voglia che ha di partecipare alla partita, per risposta gli do una spallata.

«A Massime', c'hai 'na faccia, è un trasloco, mica 'na guerra.»

Col furgone della cooperativa entriamo nel centro di Roma, i locali da svuotare sono all'inizio di via del Corso. Esultiamo più o meno tutti, dovremo pur lavorare ma è meglio farlo su una delle strade più belle del mondo, trafficata a ogni ora del giorno e della notte da ragazze italiane e straniere, che faticare in una periferia qualsiasi. Proprio davanti al civico, con un nastro rosso è stata segnalata un'area interdetta al parcheggio, i responsabili devono aver preso accordi col comune di Roma.

«Guardate che bello, c'avemo pure er posto davanti.»

L'esultanza finisce sulla soglia dei locali, alla doppia porta d'ingresso, una di quelle che di solito si vedono all'entrata delle banche, con le ante curve e i vetri antiproiettile. All'interno un unico sterminato ambiente, non meno di mille metri quadri, completamente invaso da scrivanie e sedie, senza contare tutte le suppellettili del caso, come computer e schedari.

Ci viene incontro un signore distinto, ci guarda e riguarda.

«Siete voi del trasloco?»

Annuiamo come cinque cani ammaestrati.

«I vostri colleghi quando vi raggiungono?»

«Veramente siamo solo noi.» Giovanni fa non poca fatica per rispondere in italiano.

«Ah.» Il signore distinto non aggiunge altro, da fuori arriva un colpo di clacson fortissimo. «È arrivato l'autotreno, dovete mettere tutto lì dentro, se il furgone è vostro toglietelo immediatamente, quello spazio è per il TIR.»

«Me sembrava troppo bello.» Giovanni tira le chiavi del furgone a Luciano, che subito scatta verso l'esterno.

«Annamo un po' a vede' de che morte dovemo mori'.»

Il commento di Giovanni riempie tutti di ottimismo.

A una prima occhiata raggiungiamo questi numeri: centottantasei scrivanie, duecentoquaranta sedie, centotrentuno computer, sessantasei schedari.

«Daje, su, prima iniziamo e prima finimo.» Massimo si mette a un lato di una scrivania. «Daje Danie'.» E mi indica l'altro lato.

Le scrivanie non sono pesantissime, in breve arriviamo alla porta blindata dell'ingresso. Il varco sarà largo una settantina di centimetri, ma le scrivanie sono larghe novanta, tutte esattamente dello stesso tipo e dimensione.

«Ce toccherà smontalle una pe' volta» fa Giovanni.

Tutti e quattro ci chiniamo, il pianale è attaccato alla struttura delle gambe con quattro bulloni, su ognuno di essi è stato aggiunto successivamente un punto di saldatura per bloccarli, in pratica è impossibile da smontare.

Andiamo sotto un'altra scrivania, stesso controllo e stesso risultato.

«Me scusi, ma le scrivanie so' tutte saldate?» chiede Giovanni al signore distinto che nel frattempo si è messo a confabulare con l'autista dell'autotreno.

«Sì, era un lotto usato ed erano tutte traballanti, non c'è stato altro modo.»

«E secondo lei noi come famo a fa' passa' 'na scrivania da novanta dentro 'na porta da settanta?» Dal ritorno al romanesco deduco che Giovanni non è più in grado di darsi un tono.

«Come hanno fatto quelli che le hanno portate dentro, le mettevano per dritto e piano piano le facevano passare.»

«Me scusi sempre, ma pe' portalle dentro quanto tempo c'hanno messo?»

Il signore fa un breve conteggio a mente. «Più o meno un paio di settimane, giorno più giorno meno.»

«E le sedie co' i computer?»

«Guardi, diciamo che abbiamo impiegato all'incirca un mese per partire con le attività.» Giovanni si gira verso di noi, gli occhi eruttano rabbia, poi torna a guardare il signore.

«E noi dovremmo svota' tutto dentro a 'na notte?»

«No, chi l'ha detto, l'autotreno ha il permesso di sosta sino alle diciassette di domani.»

Giovanni si gira, a grandi falcate va verso l'uscita.

«Vado a parla' co' quer fijo de 'na mignotta de Virgilio, non toccate gniente.»

Massimo, Claudio e io obbediamo all'ordine, intanto dall'ingresso ecco tornare Luciano.

«Trovare parcheggio qui attorno è impossibile, ho avuto

una botta di culo pazzesca.» Ma nessuno gli risponde, lui allora ci scruta meglio. «Aò, allora?»

«Allora 'n cazzo, qui ce morimo.»

Giovanni torna dopo pochissimo, l'ho visto arrabbiato tante volte, ma mai, mai così.

«Er discorso è semplice, o lo famo o ce levano dalla squadra, guardamose in faccia e decidemo che dovemo fa'.» Giovanni sa perfettamente che nessuno di noi ha scelta.

«Inzomma er più stronzo de tutti so' io, io in squadra manco ce sto.» Massimo vorrebbe piangere.

Tutti e cinque ci avviciniamo con una scrivania alla doppia porta antiproiettile per studiare un modo, trovare la tecnica migliore per farla passare dall'altra parte. Alla fine, dopo una ventina di minuti di tentativi, capiamo che l'unica soluzione è di metterla in obliquo, far passare un pezzo, poi metterla in verticale, dopodiché rimetterla obliqua. E le scrivanie pesano, in quella assurda rotazione è facilissimo restare con le mani schiacciate tra la scrivania stessa e le porte antiproiettile.

Sono le nove e mezzo di sera, ci dividiamo secondo lo schema consueto, Giovanni con Claudio, io con Luciano; Massimo, da solo, si occuperà di sedie e computer.

Il primo a lasciare tracce di pelle sulla porta antiproiettile sono io, alla sesta scrivania. Il nostro compito non si esaurisce nel farle passare attraverso quel cunicolo di vetro doppio e lamiera, dobbiamo portarle sino all'autotreno, aspettare che l'autista le tiri su con la pedana elettrica, infine caricarle ordinatamente dentro la pancia del Tir. Anche l'autista è preoccupato, è un molisano di poche parole, si è fatto due conti per calcolare se riuscirà a mettere dentro tutto, e il risultato non è per niente sicuro.

Alla mia escoriazione segue quella di Claudio, poi è il turno di Giovanni, poi ritocca a me, Luciano chiude il giro. Ogni scrivania ci obbliga a un gioco da contorsionisti che pesa sempre di più sulle mani, le braccia, prima obliqua, poi verticale, poi obliqua. Queste parole diventano la nostra litania.

Il signore distinto segue tutto con scrupolo.

«'O vedi, c'avemo er direttore artistico dei lavori» ha detto Claudio a un certo punto, lui ha sentito, ma ha fatto finta di niente. Un paio di volte è uscito per raggiungere il bar di fronte, mai che avesse offerto niente, nemmeno un caffè.

Alle due facciamo la prima pausa, Giovanni si è allungato su una delle tante stramaledette scrivanie che dobbiamo ancora spostare. Facciamo un breve calcolo, ne abbiamo portate fuori trentacinque. I miei colleghi mangiano in silenzio, con loro anche l'autista dell'autotreno, io esco su via del Corso, la serata è bellissima, il caldo è accettabile, mitigato da un'arietta leggera. La vita su via del Corso è diminuita ma non cessata, qualche straniero vagabonda ancora, mischiato a gruppi di maschi fuoriusciti chissà da quale locale.

Alle due e mezzo si riprende, la mezz'ora di riposo nelle braccia dura pochissimo, alla seconda scrivania già è svanita del tutto.

«A turni de mezz'ora ognuno dei noi se mette a sposta' i computer, così se ripijamo un po'.» Il primo a chiedere la sostituzione è Luciano.

Mi ritrovo Massimo come compagno, alla prima scrivania mi rendo conto che le sue braccia non hanno la forza sufficiente per lavorare con tranquillità, arriviamo alla porta e la scrivania gli scappa di mano, prova a riderci sopra ma nessuno, a partire da me, ha voglia di scherzare.

«Dio li deve ammazza', li deve ammazza' tutti.»

Giovanni di tanto in tanto esplode con mezze frasi, pezzi di pensieri, oppure bestemmie. Il distinto signore, con il passare del tempo, si è defilato sempre di più, ora se ne sta semisdraiato su una poltrona senza smettere di guardarci.

Sono le quattro quando a metà della porta antiproiettile mi sfugge di mano il pianale della scrivania, provo a riprenderlo al volo ma non ci riesco, nel tentativo il pollice della mano sinistra resta schiacciato. Lo spigolo della scrivania m'ha fatto un taglio, niente di grave, mi servono, però, disinfettante e cerotto. Il signore distinto si attiva, ritorna con un flacone di alcol, preso da un carrello delle pulizie, ma di cerotti neanche mezzo. Risolvo con dello scotch: avvolgo un fazzoletto di carta attorno alla mano, poi sigillo tutto col nastro adesivo.

Mentre noi stiamo caricando l'ennesima scrivania arriva un tonfo dalla zona d'ingresso, subito scattiamo per andare a vedere, al mio posto ora c'è Claudio, gli è scivolata la scrivania dalle mani e si sta massaggiando con sofferenza un polso, è sudato, stanco.

«Non me guarda'! Vattene, vattene che me sfogo su de te!»

Al posto della voce gli esce un sibilo incattivito, ce l'ha col signore distinto, era corso alla porta per vedere la ragione del botto, forse per dargli una mano.

Alle cinque incarichiamo Massimo di andare a trovare un bar aperto, si facesse fare una trentina di caffè, gli consigliamo di farseli mettere in una bottiglia grande, e poi da mangiare, qualsiasi cosa. Ricontiamo le scrivanie, siamo a ottantacinque pezzi, i computer e le sedie sono ancora quasi tutti dentro. Mentre fumiamo in silenzio ho modo di guardare meglio i miei tre compagni di squadra, sono distrutti, impossibile fare una classifica. Da quando li conosco non mi sono mai sentito legato a loro come ora. Quello che ci hanno affidato non è un lavoro, almeno non nel senso recente del termine, bisogna tornare indietro di secoli, forse al tempo degli schiavi, per riuscire a definirlo tale.

Massimo torna con una bottiglia di plastica da un litro e mezzo completamente piena di caffè, e due buste di carta, una decina di cornetti in ognuna. In cinque minuti divoriamo tutto, con il caffè facciamo due giri dentro i bicchieri di plastica grande. Il signore distinto ha provato ad affacciarsi, forse sperava in un'offerta, Giovanni per fargli capire la situazione si è messo caffè e cornetti al fianco, poi se l'è guardato fisso fisso negli occhi. Il signore distinto si è allontanato subito.

Sono le sei meno dieci quando l'agonia riparte, non ho mai odiato un oggetto inanimato come quelle scrivanie, gli auguro più volte la morte, ma, fortuna loro, non possono morire. Alla seconda scrivania mi tolgo lo scotch e il fazzoletto che avevo attorno alla mano, con quell'impacco non riesco a lavorare con scioltezza. Bastano un paio di movimenti e il taglio torna a sanguinare, il risultato è un bel timbro rosso su ogni scrivania che sfioro. La cosa mi rallegra, si porteranno dietro qualcosa di me, qualcuno sarà costretto a pulirle con la faccia schifata una volta che avrà capito che quello è sangue. Intanto su via del Corso, a giorno ormai fatto, la vita è tornata a muoversi a passi veloci e l'immancabile traffico.

Quando ricontiamo le scrivanie un'onda di gioia mi restituisce un poco di forze, sono le dieci, siamo a centotrentasei scrivanie, ne mancano cinquanta esatte.

«Io devo magna' quarcosa.» Giovanni ha gli occhi lucidi, sembra febbricitante.

«Salato però» aggiunge Claudio.

Questa volta è il turno di Luciano, ognuno gli mette in mano diecimila lire, sul cosa prendere facesse lui, ma l'orientamento è pizza bianca e insaccati vari. Mentre aspettiamo il suo ritorno, ci concentriamo tutti e quattro sulle sedie e i computer. Rispetto al calvario delle scrivanie è una passeggiata di salute, mettiamo una sedia sopra l'altra, sono di quelle con le rotelle, in pratica si portano da sole.

«Rega' guardate 'n po'.» Ci giriamo verso Massimo, orgoglioso ci indica la sua invenzione: ha impilato non due ma tre sedie una sull'altra, sul pianale dell'ultima sedia ha poggiato un computer, con un dito trasporta il trabiccolo fino alla doppia porta curva dell'ingresso. «'Na passeggiata.» Sottolinea la cosa con un sorriso di sufficenza.

Ed è veramente una passeggiata, nella mezz'ora buona

in cui aspettiamo Luciano dimezziamo le sedie da caricare, così come i computer.

Luciano torna, il profumo di mortadella invade l'intero locale, ha due buste cariche, una piena di pizza bianca, l'altra ha diverse cartate. Seduti sulla moquette, a cerchio, mangiamo in silenzio.

«Questo, Giova', è peggio dello sgrosso a quer palazzo dell'Eur?» chiede Claudio.

«Imparagonabbile, questo è peggio de tutto» risponde Giovanni a bocca piena.

Alle dodici e quaranta esatte, io e Luciano facciamo passare dalla porta l'ultima scrivania. Quando siamo fuori c'abbracciamo, arrivano pure gli altri, anche loro ci abbracciano. Ora tocca alle sedie e i computer, ma il peggio è alle spalle, malgrado la stanchezza furibonda torna un minimo di buon umore, ci aiuta in questo anche la fiumana che su via del Corso ha ripreso incessante.

Appoggiati all'autotreno ormai stracarico di scrivanie, ci fumiamo una sigaretta di ristoro, gli occhi sono sulla parte femminile della corrente che ci passa a un metro, alte, basse, bionde e more, fasciate da abiti da ufficio o scanzonate in infradito e calzoncini. Luciano non se ne perde una, la felicità si trasforma in breve in magone.

«Andiamo va', che è meglio.» Alla fine è lui a richiamarci all'ordine, non che abbia voglia di tornare a lavorare, è solo per togliersi dalla vista tutti quei corpi femminili.

Alle sedici, incastrato a forza fra rumori di plastica incrinata, carichiamo nell'autotreno l'ultimo computer. L'autista molisano si congratula, siamo riusciti a farci entrare tutto, non aveva mai visto un lavoro simile in così poco tempo.

Il signore distinto ci stringe la mano, uno a uno.

«Siate certi che dirò al cardinale di parlare con i vostri responsabili, siete stati davvero eccezionali.» Ma a nessuno di noi importa più di tanto.

Un passo alla volta raggiungiamo il nostro furgone, ora

che l'adrenalina sta scendendo escono tutti i dolori causati dalla fatica, le mani soprattutto sono quasi bloccate. Non abbiamo più nemmeno la forza di parlare, anche Massimo, che scherzerebbe pure in punto di morte, se ne sta in silenzio, gli occhi socchiusi.

Arriviamo al Bambino Gesù, nel breve tragitto sia Giovanni che Claudio si sono addormentati, io e Massimo fumiamo mentre Luciano guida.

A vederci così ridotti, i colleghi che c'incontrano restano senza parole, fuori dal nostro ufficio raccontiamo quello che ci hanno fatto fare, i commenti diventano subito rabbiosi.

«Bastardi, far lavorare una persona per diciotto ore è solo che da bastardi.» Adriana, da madre di famiglia, è quella più schifata.

«Quella gran mignotta de Marianna che fa?» chiede a tutti Raffaella, una collega che lavora nei reparti.

«Che fa? Quella sputa sangue per entrare come ausiliaria all'ospedale, ecco che fa, vuoi mettere lavorare per una cooperativa ed entrare al Bambino Gesù, anzi al Vaticano?» È sempre Adriana a rispondere.

Dal corridoio arriva Fabio in compagnia di Celso, non appena ci vedono si fanno seri.

«Semo tornati vivi purtroppo, dijelo a Virgilio, se ce voleva ammazza' j'è annata male.» Giovanni sembra sul punto d'esplodere.

«Io non sapevo niente, Giova', te lo giuro su mi fija.» Fabio risponde e nessuno può mettere in dubbio la sua sincerità.

«Ma de quello che v'hanno fatto fa' ne parlerò, state sicuri, adesso però c'è un'altra cosa: Celso è venuto pe' salutacce, stamattina ha firmato in sede le dimissioni.»

Celso, chiamato in causa, sorride con imbarazzo.

«Sì, ho trovato lavoro a Priverno, il lavoro mio di tipografo.» Tutti lo salutano con affetto.

«In bocca al lupo» gli dico dopo averlo abbracciato. Mi piacerebbe poterci parlare, augurargli tutto il bene che la vita gli ha negato sino a ora, ma non ne ho la forza né il tempo. Celso se ne va e una nostalgia improvvisa, ingestibile, mi toglie quel poco d'energia che m'era rimasta. Chissà se lo vedrò mai più, come continuerà la sua vita, se riuscirà mai a dimenticarsi di quest'ospedale dove suo figlio è rimasto per sempre. Per sempre buona fortuna, caro Celso.

Nello spogliatoio non vola una mosca, i colleghi del pomeriggio hanno saputo della nostra avventura e sono passati a salutarci, anche loro stanno in silenzio.

«Sembri 'no zombie» mi fa Stefano tirandomi piano un orecchio. Poi ci lasciano in pace. Noi lentamente iniziamo a cambiarci, la divisa si è appena asciugata da tutto il sudore che c'ho versato dentro, la fatica maggiore è sbottonare la polo, le dita quasi non rispondono.

Il singhiozzo prende tutti alla sprovvista.

«Scusate» fa Giovanni quando il pianto è divenuto ormai inarrestabile. Rimaniamo senza sapere cosa fare, lui intanto piange con la faccia verso il muro, ripiegato su se stesso. «È che non riesco a legamme le scarpe, non riesco più a chiude le mani.»

Luciano scatta prima di tutti. «Non ti preoccupare Giova', per così poco.» È lui ad allacciargliele.

Giovanni finisce di cambiarsi senza più guardarci.

«Io domani me pijo un giorno de malattia» dice quando ormai è sul punto d'uscire.

Io e Massimo, insieme a Luciano e Claudio, ci salutiamo all'ingresso del DEA, il pianto di Giovanni ci è rimasto nelle orecchie, nel cuore, nessuno sa dire quale, tra stanchezza e dispiacere, ora sia più forte.

15

«T'hanno massacrato.»

Mia madre quando vuol'essere melodrammatica ci riesce con grande maestria, tiene la mia mano ferita tra le sue, poi passa in rassegna l'altra, i tagli sono almeno una decina, senza contare i lividi sulla pelle.

Era da tanto che non la vedevo così, senza altro sentimento se non la preoccupazione, la smania animale di difendere un figlio che fuori dall'uscio di casa qualcuno ha oltraggiato. Ormai sono abituato a vederla sconfitta, mossa da una disperazione impotente, senza nulla da poter fare a parte la presenza di fronte a un figlio che soffre troppo nel vivere, al punto da volersi perdere, riuscendoci perfettamente.

Questa volta resto sorpreso perfino io. Mentre tornavo a casa pensavo di addormentarmi appena poggiato il corpo sul letto, e invece no. Anche se assediato dai dolori, il fisico stremato, inizio la mia carambola impazzita alla ricerca del sonno. Sono i nervi. Sono loro che mi hanno sostenuto nelle tante ore di trasloco, e adesso non hanno nessuna intenzione di arrendersi, anzi, loro più lavorano e più si caricano.

Alle otto di sera mio padre viene a salutarmi, vedo sul suo viso qualcosa di dimenticato, perso indietro negli anni. Proprio non ce la fa mio padre a non farmi una carezza, fugace, già finita.

«Ce volevi tu a fa' il trasloco, ce mettevamo metà tempo.»

Mio padre mi sorride, il suo viso mi porta nel sonno, con la dolcezza di quando tutto era ancora intatto, bambino.

Sono le tre del pomeriggio passate quando mia madre mi viene a svegliare. Ho dormito diciannove ore consecutive, e chissà quante altre ancora sarebbero andate se non ci fosse stata lei. Insieme al bicchiere di caffè mando giù un antidolorifico, ho le braccia che pesano come fossero di piombo, tutti i tagli e i graffi sulle mani mi tirano, subito pronti a riaprirsi non appena provo a fare qualche movimento più impegnativo.

Anche guidare mi pesa, più che altro mi pesano le braccia, ma alla fine riesco ad arrivare all'ospedale. Per il dopo lavoro ho già pensato a tutto, la bevuta sarà tranquilla, in zona Castelli Romani, sono conciato troppo male per andare in giro per posti sconosciuti, meglio giocare in casa, qualche bar ad Albano andrà benissimo.

Sono le quattro e quaranta quando arrivo al mio cartellino da timbrare, c'è Antonio, su di lui non passano i mesi ma i chili, in aumento lento ma costante.

«Claudio e Giovanni stanno in malattia, poco fa m'ha chiamato Virgilio, ve fa i complimenti. Stasera te e Luciano saltate lo sgrosso fisso der Centro prelievi, ve fate tutte cosette tranquille.»

Eccolo Luciano, anche lui è un mezzo disastro, sembra più secco del solito, gli occhiali spessi ancora più grandi sul suo viso lungo e stretto.

«Siamo solo noi, niente sgrosso» gli faccio non appena mi è a fianco.

«Ci credo, mio zio per alzarmi dal letto mi ha dovuto bagnare la faccia con l'acqua fredda.»

Nello spogliatoio c'è Carmelo.

«Bella rega', ho saputo der massacro, mortacci loro.»

Annuiamo, io mi sento un po' come il reduce tornato a casa, tutta quell'attenzione mi gratifica.

«Certo dentro 'sta cooperativa c'è chi è trattato a pesci 'n faccia e chi fa come je pare. Amir se n'è annato in Egitto e torna fra du' settimane, dice che je sta a mori' la madre, Stefano nun s'è presentato, starà strafatto a casa.»

Io e Luciano ci fermiamo al bar, optiamo entrambi per un caffè doppio in tazza grande.

«Stasera dovevamo uscire, ma per come stiamo messi dove possiamo andare? Giusto all'ospizio.»

Mi ero completamente dimenticato della promessa che gli avevo fatto, una volta tanto rimanderemo la nostra uscita per una ragione reale e non per una scusa come è accaduto le mille volte precedenti. «Eh sì, peccato.»

Luciano dopo qualche istante di rassegnazione si rianima dietro qualcosa che gli sta passando per la mente.

«Scusa, rimandiamo a domani, è sabato, il giorno perfetto, no? C'abbiamo più di un giorno per recuperare, hai voglia te, che dici?»

«Dico che è perfetto, allora facciamo domani sera.» Non so davvero cosa altro rispondere.

Dopo il caffè, alla velocità delle lumache, ce ne andiamo in ufficio, il cervello intanto lavora sulle varie alternative da offrire a Luciano, non so cosa si aspetti di preciso, sono almeno due anni che non vado al cinema, magari può andargli bene un bel film. La cosa che mi spaventa di più è come gestire la mia situazione, non dovrei bere per niente e la cosa mi irrita, magari anche lui è un bevitore, non certo come me, però una bella birra in fondo chi la disdegna?

Toc toc.

Gli occhi mi vanno alla sua finestra, ma lì non c'è nessuno, eppure mi era sembrato proprio lui. Intanto anche Luciano si è fermato, mi guarda senza capire.

«Vai vai, io arrivo subito» gli dico. Torno alla finestra, ma è deserta, forse era solo un *toc toc* qualsiasi.

Toc toc.

Gli occhi cercano, corrono di piano in piano.

Toc toc.

Alla fine lo trovano, al piano superiore, ultima finestra.

Quando siamo certi che ognuno stia guardando l'altro ci salutiamo, Toctoc non mi sembra cambiato, forse è leggermente dimagrito, ma il sorriso e gli occhi sono sempre gli stessi. Restiamo così, a guardarci da lontano, non so quanto tempo passi, poi lui poggia la sua mano cornuta sulla finestra, io ricambio in modo discreto, provo a scandirgli, sillaba dopo sillaba, "co-me ti chia-mi?", non posso continuare a chiamarlo Toctoc, anche se a questo nomignolo ormai mi sono affezionato. Lui però non riesce a capire la mia frase, alla fine lo saluto, ogni volta che lo faccio si scurisce, non ricambia mai, abbandona la finestra e niente altro.

Arrivo in ufficio pensando a Toctoc, alla felicità che ho provato nel ritrovarlo, un sentimento egoista e ingiustificabile: dovrei augurarmi di non vedere più quel bambino, vorrebbe dire che la sua necessità di cure mediche è terminata, restituito alla salute per sempre.

«Allora, ecco er programma, tu Lucia' te fai degenza ortopedica che manca Nadia, dai 'na spolverata e i cestini, punto, tu Danie' vai a da' 'na passata ar pavimento del laboratorio de Anatomia patologica, pure tu 'na bottarella e te ne vieni.»

Ne avevo sentito parlare, ma non mi era ancora capitato. Luciano subito si gira verso di me.

«Danie', meno alzi gli occhi meglio è, prima o poi l'hanno pulito tutti.» Mi auguravo che mi dicesse di fare a cambio con il suo lavoro, ma glielo leggo in faccia, anche lui ha paura di quel posto.

Il laboratorio di Anatomia patologica ha vari ambienti, mi basta mettere piede nelle prime stanze, che nulla di spaventoso presentano, per essere attaccato da un'ansia quasi impossibile da ingoiare.

Negli uffici ci sono ancora un paio di impiegati, dopo una manciata di minuti dal mio arrivo spengono i computer e se ne vanno, sono le sei e mezzo di venerdì pomeriggio, per loro la settimana è finita.

In fondo al corridoio una grande porta con i vetri oscurati, di quello che c'è oltre tra noi colleghi se ne parla come di un film dell'orrore, il racconto è tanto più efficace se fatto a colleghi freschi d'ospedale, per la soddisfazione di vedergli in faccia il disgusto trasformarsi in paura, sempre più forte.

In meno di mezz'ora pulisco gli uffici, mi perdo dietro rifiniture di nessun conto, solo per prendere tempo, trovare il momento giusto per varcare la porta che mi porterà nella sala vera e propria.

La preparazione sembra quella di un apneista, prendo aria, riempio i polmoni al massimo come se dentro non ci fosse ossigeno, controllo per bene che tutti gli interruttori della luce siano su ON, poi entro.

Alle prime due scaffalature mi rimbombano nella testa le parole di Luciano: «Danie', meno alzi gli occhi meglio è», cerco di concentrarmi sulle stuccature tra maiolica e maiolica del pavimento, neanche a casa nostra sono così bianche, solo al Bambino Gesù è possibile vedere tanta pulizia. Ma per quanto tenti di concentrarmi altrove, gli occhi vanno per conto loro. Mi basta un secondo di visione per riabbassarli immediatamente, cerco di occupare la mente con le poesie che amo di più: "Anima mia, fa' in fretta. Ti presto la bicicletta, ma corri. E con la gente, ti prego, sii prudente, non ti fermare a parlare smettendo di pedalare".

Ma nemmeno i versi di Caproni riescono a portarmi via da questo luogo.

Arrivo alla stanza centrale, nel mezzo un tavolo d'acciaio, tutt'intorno banconi, sempre d'acciaio, anche lì sopra barattoli su barattoli, tutti trasparenti, tutti pieni. Riempio il secchio d'acqua, poi è il turno della candeggina. Pulire per terra è sin troppo facile, ovviamente, in fondo gli occhi stanno dove devono stare. La sala non è molto grande, a lavarla non impiego più di mezz'ora andando a velocità dimezzata. Ora tocca allo spolvero.

Quello che mi sconvolge ha sempre la stessa radice, che sia in una sala d'autopsie a misura di bambino o di fronte a un tramonto dai colori struggenti poco importa, questi sono elementi di scenografia, il contenitore varia ma l'interrogativo che ci balla dentro è immutabile. Chi dispone gli eventi? Perché davanti ai miei occhi devo vedere, galleggianti dentro barattoli di vetro, pezzi di bambino, alcuni irriconoscibili, altri tremendamente noti come possono esserlo un braccio, una mano, un piede?

Se ci sei tu, Dio, dietro tutto, perché non hai preso me? O qualsiasi altro adulto sulla faccia della Terra? Gente con anni alle spalle, che ha gioito e sofferto, che ha dato e ha preso. Se questo ospedale mi rilancia ogni giorno un'ombra da inseguire, allo stesso modo mi annienta con l'indecifrabile destino di tanti bambini, e appellarmi al mistero non mi riesce. Se ci sei tu, Dio, dietro tutto, quello che fai compiere qua dentro non è giusto. Tu, non noi, dovresti chiedere perdono.

Quando finisco di pulire ho la tremarella alle gambe, la stanchezza si è avventata su di me ancora più forte di ieri. Mentre cammino per andare all'ufficio, tutto ingobbito, con il terzo paio di scarpe da ginnastica consumate, entrambe con la punta scollata, incontro lei.

La madonna oggi porta un vestito leggero a fiori, sopra ha un cardigan celestino che riprende il colore dei suoi occhi. Il coraggio è fatto di attimi, momenti che diventano decisivi, mi avvio verso di lei senza dubbio alcuno, troppa atrocità dentro barattoli affogati nella formalina hanno visto i miei occhi.

«Scusa.»

Mi basta la prima parola e il coraggio sparisce automaticamente, lei si ferma, è sorridente, da vicino è bella da fare invidia a quasi tutto il genere femminile.

«Di nulla, dimmi.»

Ecco il difficile, anzi l'insuperabile.

«Io, io ti volevo dire che sei carina, tanto.»

La madonna sorride. «Grazie.» Mai dono più grande mi arrivò dalla vita.

«In questi mesi ci siamo incrociati spesso, te lo volevo dire.»

«Grazie.»

Non sembra avere altre parole nel vocabolario, riprende a camminare un passo alla volta, io le rimango a fianco.

«Mi piacerebbe una volta offrirti un caffè, io lavoro nella cooperativa, in più scrivo, ho pubbl...»

«Che?»

«Dicevo che ho pubblicato.»

«No, quello che hai detto prima.»

«Del caffè, se vuoi una volta mi piacerebbe offrirtene uno.»

La madonna riprende a camminare velocemente, ha una faccia sorpresa, non certo positiva.

«Aspetta.» Alla mia richiesta si ferma nuovamente, nulla fa per apparire meno infastidita di quel che è. «Mi sembrava che in questi mesi ci fossimo guardati spesso, pensavo che anche a te facesse piacere.»

«Guardati spesso?»

«Sì.»

Il sorriso che le compare fa più male di tutte le ore di trasloco dell'altra notte. «Mi dispiace ma io è la prima volta che ti vedo.»

Il gene del masochismo in queste situazioni trova terreno fertile.

«Vabbe', ora però mi vedi, l'offerta del caffè è valida lo stesso.»

La madonna guarda in cielo, quando torna con gli occhi sulla mia faccia non ha più niente di angelicato, anche se bella rimane bella, bellissima.

«Te lo dico chiaramente, no, e non m'infastidire più, io

sono un avvocato, lavoro all'ufficio legale dell'ospedale, ho chiarito tutto?»

Il senso delle sue parole è inequivocabile, ma voglio sentirmelo dire.

«Perché gli avvocati non prendono il caffè?»

Ora la madonna sorride da demonio.

«Certo, ma non con gli operai della cooperativa.» Poi si volta e se ne va, il mio masochismo è sazio, resto esattamente immobile, inchiodato dove sono.

Mentre vado verso l'ufficio più d'una volta sono sul punto di rincorrere quella ragazza, non certo per tornare alla carica con il mio invito, solo perché mi piacerebbe dirle che la sua visione del mondo è povera, poverissima.

In questi mesi ho imparato che non esiste ruolo, nascita, appartenenza capace di rappresentare un essere umano nella sua interezza, alcuni miei colleghi hanno tanto di quell'acume, e forza, da fare invidia a tutti quelli che per le imperscrutabili ragioni del caso sono nati solo più fortunati, in luoghi in cui anche la loro mediocrità è stata sufficiente per aprire loro opportunità, scenari impensabili a chi non ha avuto la stessa buona sorte. Le direi anche che gli occhi servono per guardare, che lei tutela gli interessi di un ospedale che non conosce, basta navigarlo un giorno per vedere annientate le classi sociali a cui si è appellata con tanta fede. Non mi sento offeso, sono in pena per lei, questo sì.

Arrivo all'ufficio con una serenità spaventosa, la ragazza dei miei sogni mi ha appena dato del fallito, eppure mi sento bene, neanche minimamente provato dalle sue parole.

Mi ritrovo di fronte a un assembramento di colleghi, sul gradino che porta al nostro ufficio c'è Virgilio, il clima non è dei migliori, stento a capire, poi mi viene incontro Luciano, è senza occhiali.

«È morto Stefano.» I suoi occhi si riempiono non appena finisce di parlare.

«Come, morto?»

«Stanotte, ha preso un semaforo col motorino.»

Altre volte ho ricevuto questa notizia, lo stordimento è sempre lo stesso, un'incredulità che toglie sostanza alla logica, un dato che istintivamente non si riesce ad accettare, poi un'ondata calda, il viso di Stefano mentre mi dà dello zombie, appena ieri, e tutte le parole dette, le cazzate di sfuggita, il suo corpo esile in giro per i viali, mentre si mette la divisa, mentre mi parla di fiori e di futuro.

Stefano è morto, sparito, finito, mai più lo vedrò in questa vita.

Mi siedo su uno scalino in disparte, una volta tanto non devo nascondermi per piangere, come mi succede sempre. L'ingresso che dà sul nostro ufficio è stracolmo, non c'è angolo che non sia occupato da qualche collega, il più disperato è Carmelo, il viso tondo è paonazzo, oltre al dolore starà così per i sensi di colpa, ma tutti, almeno una volta, abbiamo straparlato di Stefano, anche io, proprio io, con la vita che faccio.

Virgilio mi raggiunge, chiede a Luciano di avvicinarsi, anche lui ha accusato la notizia, ha le labbra secche, screpolate.

«Voi due pe' stasera avete finito, annateve a riposa', grazie per il trasloco, lunedì ditelo pure a Claudio e a quer capoccione de Giovanni.»

Sono le nove, come consigliato da Virgilio io e Luciano ce ne andiamo senza timbrare il cartellino, ci penserà lui, in sede, a metterci la presenza sino a mezzanotte.

Gran parte dei colleghi è andata via, a parte me e Luciano è rimasto solo Antonio per dare le chiavi del magazzino alle donne che lavorano nei reparti.

La notizia di Stefano si è rinnovata a ogni annuncio, di volto in volto, sorpresa dopo sorpresa, anche su di noi che l'avevamo già ricevuta è tornata in gola di continuo.

«Danie', che dici, vogliamo rimandare pure domani? Vogliamo uscire la prossima settimana?»

«No.» Ho una determinazione di pietra nel rispondere a Luciano. «Se Stefano fosse qui ci direbbe d'andare a divertirci, tanto Lucia', non lo vedi? La vita è tutta 'na pazzia, anzi, ce dobbiamo vede' proprio per Stefano.»

«Hai ragione Danie'.»

Io e Luciano ci lasciamo con l'appuntamento per l'indomani sera, ci vedremo alle otto qui al Gianicolo.

Mentre guido, Stefano mi compare davanti a ogni angolo della strada, lui, la sua voce, le tremende visioni di quel che ne sarà rimasto.

Ancora. Da un luogo interiore che non è il cervello. Ancora mi ritrovo a pregare come unica reazione possibile, che sia sensato o insensato, o per il terrore di fronte al nostro limite estremo che si è appena mostrato. Quale sia il motivo, non importa.

Quando vieni strappato dall'appannamento dell'ordinario, quando la guerra ti esplode vicino, allora non resta che questa parola lanciata verso le stelle.

Tienilo al caldo. Lieto. Liberato da tutto.

"Un bicchiere bianco", stanotte ripeterò questa formula magica all'infinito, ecco il primo scorrermi nella carne, fresco nettare che ammorbidisce tutto l'esistente, mai come questa sera attendo la dimenticanza. Che sia la più grande di sempre.

16

«Non ricordare nulla.»

Da ieri sera ho obbedito a questo comando e nient'altro.

La dimenticanza ultimamente si fa corteggiare, forse per il fisico tornato in forma con il lavoro, forse per la minore quantità di alcol in circolo nel sangue con l'astinenza intermittente durante la settimana. Ma basta aumentare il passo, cadenzare le fermate con maggiore frequenza, e il gioco è fatto.

Non c'è quasi nulla nella memoria delle ultime ore.

Mia madre che tenta in ogni modo di non farmi uscire, una bambina aggrappata alla mia gamba fin sulla porta di casa.

Niente altro.

Sono le sette e cinquanta quando arrivo al Gianicolo, malgrado l'ubriachezza resto un ragazzo rispettoso, anche Luciano è già arrivato, ma non mi ha visto. Porta una polo rossa, i capelli tirati indietro dalla gelatina, si è messo in tiro.

Gli arrivo a un centimetro dal fianco, lui per lo spavento scatta di lato, poi mi allungo per aprirgli lo sportello.

«Prego.»

Provo a rintracciarne i motivi, a vietarmelo con tutte le forze, l'ingresso di Luciano nella mia macchina è accolto da una sensazione di fastidio crescente. È così forte da impedirmi di guardarlo in faccia, anche di parlarci. Il fastidio diventa rabbia, devo bere, e con questo tizio a fianco tutto si complica. Chi è? Cosa vuole da me? Luciano è tutto quello che io non riesco a essere. Un ragazzo normale. Sereno. Pronto a godersi la serata davanti a noi.

NON CHIUDERE GLI OCCHI

17

Claudio ci ha salutato il trentuno luglio, si è fatto spostare all'ospedale di San Giovanni per avvicinarsi a casa. Da Quarto Miglio, dove abita, una passeggiata o poco più. Sin dal primo giorno il suo congedo dal Bambino Gesù ha avuto due versioni, quella che vuole il suo trasferimento esattamente per come lui lo ha raccontato, e un'altra, più pepata, che parla di un allontanamento voluto "dall'alto" per accontentare una suora che lo avrebbe visto baciarsi con Cinzia nei corridoi sotterranei di collegamento. La suora avrebbe poi parlato con il presidente dell'ospedale, che a sua volta avrebbe chiamato i vertici della cooperativa. Ad avvalorare questa seconda versione una prova, secondo quasi tutti schiacciante. Guarda caso, anche Cinzia se n'è andata, a sentir lei per la stanchezza di stare al Bambino Gesù; ora lavora in una sede INPS, verso Garbatella. Al nostro ritorno dalle ferie è arrivata la notizia della rottura definitiva tra Claudio e la moglie, a dir la verità pare che lei lo abbia cacciato di casa.

Dal primo settembre, nella squadra al posto di Claudio è entrato Massimo. Giovanni ha bestemmiato per giorni, ma alla fine ha dovuto accettare, come sempre, o quasi. Un colpo a segno però lo ha portato. Ha chiesto, preteso di ruotare le coppie, con lui è andato Luciano. Questa nuova disposizione ha fatto contenti tutti: Giovanni, che non ha dovuto prendersi Massimo, secondo lui poco adatto alla squadra, e me, visto che Massimo, nel corso degli ultimi mesi, è diventato il compagno con cui passo più tempo. Ma soprattutto la richiesta di Giovanni ha fatto contento Luciano.

Dalla nostra uscita serale i rapporti si sono complicati.

Sono trascorsi più di tre mesi, malgrado lui dica di avere superato l'arrabbiatura io lo vedo ancora teso. Luciano non mi ha perdonato, e chissà se lo farà mai, la nottata che gli ho fatto vivere. D'inferno, a sentire lui. Io ovviamente non ricordo nulla.

Il lunedì successivo al nostro sabato insieme arrivò al Bambino Gesù con gli occhiali spezzati a metà, tenuti assieme da un nastro adesivo giallino, non riusciva nemmeno a guardarmi in faccia. Quando gli chiesi di raccontare cosa fosse accaduto di preciso esplose, mi disse al colmo della rabbia, che mai gli avevo visto: «Pure per il culo mi prendi, vuoi pure che ti racconti?».

Naturalmente non era certo mia intenzione prenderlo in giro, volevo solo conoscere, vista la profondissima dimenticanza di quelle ore, lo svolgimento dei fatti, per semplice curiosità e nient'altro. Mai mi era capitato di avere un compagno testimone di quel che di solito compio in mia assenza.

I fatti quel sabato sera andarono più o meno così.

Dopo averlo raccolto al Gianicolo, facemmo rotta verso il lago di Albano, uno dei miei ricoveri più familiari, per cenare in un ristorantino di conoscenti. La cena, annaffiata da un bianco Frascati gelato, fu l'unica parte, a sentir lui, piacevole. Poi facemmo ritorno verso Roma. Agli svincoli tra Appia e Raccordo Anulare il primo trillo dell'orrore, sempre secondo le sue parole. Tentai, malamente, di superare un autobus Acotral senza considerare il restringimento della carreggiata: fu il suo intervento, in pratica mi strappò lo sterzo dalle mani, a non farci infilare sotto la punta del guardrail che delimitava la nostra corsia da quella in direzione contraria. Dopo quello spavento, sempre secondo il suo racconto, andammo verso Trastevere, diretti a un localino di cui non ricordavo il nome. Ci mettemmo seduti su un divanetto proprio davanti alla pista, dove alcune ragazze ballavano tra loro, magnifiche. Al terzo bianco, mentre andavo a pisciare, svenni sul tavolino basso dove lui aveva appena poggiato gli occhiali, spezzati in due sul colpo.

Ma il meglio, il peggio, avvenne lì fuori. Alle tre, totalmente incapace di intendere e volere, dissi che preferivo andare a casa, lui mi rispose che non era il caso: avrei dormito da lui, non potevo guidare in quelle condizioni. Tutte le volte che Luciano racconta questa storia, in pratica a ogni collega, da questo punto in poi cambia espressione, da bonaria diventa seria, quasi impaurita: «Quando gli ho detto di venire a dormire a casa mia è diventato matto, mi ha iniziato a urlare che nessuno gli dice quello che deve fare, poi è montato su una macchina e ha preso a saltare da un tettino all'altro. Quando ha iniziato ad affacciarsi la gente, dicendo di chiamare la polizia, io sono scappato».

Il tempo, per fortuna, ha prosciugato l'interesse per la nostra serata, ma per settimane non c'è stata bocca di collega che non ne parlasse. Ho sempre tentato di minimizzare l'accaduto spacciandolo per una serata uscita storta, forse per il calamaro dal sapore d'ammoniaca mangiato al ristorante. A Luciano, per correttezza, ho ricomprato gli occhiali, trecentomila lire dalla busta paga di maggio.

Gli argomenti, sino alle ferie, tra noi della cooperativa sono stati sostanzialmente tre. Claudio e Cinzia. La serata mia e di Luciano. Stefano.

Con il passare dei giorni è accaduta una trasformazione lenta, quanto inarrestabile. La morte di Stefano ci colse vulnerabili, per via dei sensi di colpa soprattutto, per la voce che ognuno di noi aveva alimentato sulla sua condizione. Appena il dolore divenne gestibile, tornarono alla carica i giudizi morali, le valutazioni assassine. Tutti, più o meno, fecero marcia indietro, non considerarono più la sua morte come una disgrazia da vivere e nient'altro, no, tutti si sentirono in dovere di consegnarla alla propria memoria come la fine di un ragazzo che, in fondo, non meritava altro che morire in quel modo.

Anche io, in un preciso momento, mi sentii in dovere di giudicare la sua vita.

Più o meno una settimana dopo la sua morte, passò in ospedale la ragazza con cui conviveva; anche su di lei le voci avevano costruito un personaggio preciso, una tossica persa come lui, forse anche lei già morta. La realtà rovesciò quell'immagine al primo sguardo. Fabio mi chiese di accompagnarla al nostro spogliatoio per farle svuotare l'armadietto che apparteneva al fidanzato. La ragazza di Stefano era, è, bellissima, la sua dolcezza innata era stata stravolta dal dolore, ma rappresentava comunque tutto quello che io avrei voluto dalla vita. Altro che tossica. Non mi azzardai a dirle nulla, la accompagnai come richiesto da Fabio, mi fermai lì con lei il tempo necessario, guardandola di tanto in tanto, poi la salutai all'uscita dell'ospedale.

Rimasi a guardarla sino a quando non fu più possibile.

Non le dissi una parola, ma con Stefano, in quel preciso momento, m'incazzai come una bestia: con un amore simile al fianco che bisogno aveva di tormentarsi le vene, perché? La rabbia scomparve subito. Dopo quel singolo istante, di Stefano mi riapparve il sorriso buono, quello che mi porto, mi porterò sino alla morte.

Questo mercoledì notte ci aspetta il day hospital di Medicina generale, uno degli ambienti più grandi e malmessi, uno degli sgrossi che cerchiamo in ogni modo di evitare.

Non riesco a essere molto concentrato sul lavoro, e il fatto che ci attenda un impegno molto faticoso mi rallegra: se non altro mi permetterà di staccare dall'ansia che da giorni mi sta massacrando.

Domani sera, alle nove, parteciperò a una lettura di poesia in una galleria d'arte dietro piazza Navona, ci saranno tanti poeti, e io non leggo in pubblico da quasi un anno. Il lavoro mi ha ridato la forza di interagire con le persone, di tornare in mezzo agli altri, ma stare davanti a un pubblico che ti ascolta è un'altra cosa. Malgrado sappia che mi concederò una licenza rispetto alla sobrietà che mi sono imposto durante la settimana, perché senza qualche bianco sarebbe impensabile persino provarci, la paura è ai limiti del sopportabile, basta un minimo di disattenzione per ritrovarmi davanti agli occhi le immagini di tutto quello che domani sera potrebbe andare storto, perché soltanto questo mi anticipa la mente.

Una notte di fatica estrema è quello che ci vuole, almeno i pensieri abbaieranno meno forte.

Per preparare al meglio lo sgrosso che ci attende, noi della squadra abbiamo deciso di vederci prima: sono le nove quando arrivo all'ospedale, Giovanni è già in ufficio in compagnia di Fabio, Luciano e Massimo non sono ancora arrivati.

«Pronto, Danie'? Stanotte se divertimo.»

«Prontissimo.»

Con Giovanni il rapporto è ormai di fiducia completa, la serata balorda con Luciano aveva indispettito pure lui, poi tutto si è placato. Io e Giovanni andiamo d'accordo perché abbiamo una visione comune del lavoro. Va fatto bene, al meglio delle possibilità, per correttezza verso noi stessi, in primo luogo. Se degli altri ormai so quasi tutto, di lui conosco pochissimo, a parte la passione per la pesca non saprei cos'altro dire. Quando provi a stanarlo sulla sua vita privata, Giovanni si chiude istintivamente, dice poco, cambia discorso. Vive da solo, i genitori abitano in una frazione vicino a Ladispoli, nient'altro. Le voci su di lui raccontano di una relazione con una donna dell'ospedale, ma nessuno conferma. Il vuoto d'informazioni, come è ovvio, non ha fatto altro che centuplicare le voci, le ipotesi sulla sua vita fuori di qui. E le voci, in assenza di tracce da seguire, si indirizzano sempre verso il peggio: vizi nascosti, strane relazioni, segreti da nascondere. Non credo a niente di tutto ciò. La vita di Giovanni, questo forse è il vero fondamento della nostra sintonia, molto semplicemente accade quasi tutta qui dentro, come la mia. Il poco che c'è fuori è un dettaglio trascurabile, nel mio caso gira tutto intorno a un bicchiere da svuotare, per lui nella pesca, il riposo, magari il desiderio di una donna che prima o poi si farà viva.

Luciano e Massimo arrivano quasi insieme, ognuno con la propria borsetta frigorifera con dentro la cena.

«Danie', quasi me scordavo, guarda che so' arrivate.» Fabio mi fa cenno d'entrare nell'ufficio, al lato della sua scrivania alcune scatole di scarpe antinfortunistiche.

«Incredibile.» Con il dito inizio a scorrere i numeri, quarantadue, quarantatré, un altro quarantadue, poi quarantaquattro.

«Quaranta non c'è?» chiedo a Fabio, lui alza le spalle.

«Non so che ditte, quarche numero più piccolo c'era, ma è passata Marianna, se n'è presa tre quattro scatole pe' 'e colleghe che fanno i reparti.»

«Naturale.»

Per le ferie d'agosto sono rimasto a casa, avrei anche avuto i soldi per organizzare una vacanza ma non avevo nessuno con cui passarla. Ho preferito allora la solitudine abituale, a buon mercato, priva di tutte le false illusioni che una vacanza si porta dietro. E poi non ce l'ho fatta. Non ho avuto il coraggio. Ormai riesco, solo con me stesso, a fare tutto, ma una vacanza intera no, la malinconia mi avrebbe travolto, al punto da uccidermi, e morire lontano da casa mi darebbe fastidio.

Con la solitudine il rapporto si è usurato, come con tutto il resto. C'è stato un periodo, quando l'alcol era ancora una colonna sonora piacevole, in cui uscire da solo voleva dire stare con tutti, tutti quelli incrociati per la strada, una meravigliosa incapacità mi rendeva incomprensibile la concezione di sconosciuto, straniero. Mi porto incontri indimenticabili di quel periodo, volti, storie profonde quanto l'intera avventura umana. La solitudine parte da dentro, può voler dire stare con il mondo intero oppure l'esatto contrario, sentirsi in un sarcofago dove ci si è chiusi, inchiodati da dentro. E io così mi sono sentito per tanto tempo.

Poi è arrivato il lavoro, quest'ospedale. Qui dentro, in maniera assurda, ingiustificata, mi sento parte di tutto, tra me e quello che mi vive intorno non c'è distanza, nel bene e nel male. Al Bambino Gesù ho ritrovato l'amicizia, la gratuità dei gesti offerti per piacere, nelle mie mani i colleghi della squadra hanno messo la loro vita decine di volte e io ho fatto lo stesso con loro. Al Bambino Gesù ho fatto la conoscenza del dolore portato alla sua essenza più pura, invincibile. Ho bestemmiato, ho maledetto questa carne che non sa difendersi dal dolore degli altri, né tantomeno prova a rifuggirlo. Di tutto questo mi porto quintali di parole non scritte, lasciate in giro per la mente, dimenticate e riprese centinaia di volte, per merito della realtà che me le ripropone nella loro grandezza. Ma grazie a tutto questo sono, un poco al giorno, tornato a vivere.

Eccolo. Il day hospital di Medicina generale verrà presto ristrutturato, è l'eccezione che conferma la regola che vuole il Bambino Gesù un modello per gli altri ospedali. La sala d'aspetto ha un pavimento di linoleum verdino pieno di toppe, usurato dappertutto, anche a pulirlo e cerarlo nel migliore dei modi resta quel che è. Anche le pareti sono di linoleum, dello stesso verdino, la minore usura ha mantenuto più vivido il colore rispetto al pavimento, il contrasto non giova, anzi, rende l'aspetto complessivo dello stanzone centrale ancora più avvilente. Sulle pareti, resistenti a ogni tipo di detersivo, dagli sgrassatori agli acidi, una serie di scritte a pennarello, soprattutto a firma di un certo Dodo che ha voluto lasciare il suo autografo almeno una trentina di volte.

Il caldo, malgrado sia settembre inoltrato, è ancora fastidioso e la grande sala d'aspetto ha l'aria condizionata soltanto sulla carta. Alla guida della monospazzola, perché ormai nessuno me la leva dalle mani, mi metto a lavorare con accanto Massimo, intanto Giovanni e Luciano hanno iniziato a spostare scrivanie e suppellettili dai vari studi medici, una decina di stanze che si aprono su due distinti corridoi.

«Sigaretta, please» dico, senza staccare gli occhi dalla schiuma provocata dal disco abrasivo della monospazzola. Massimo mi sfila il pacchetto di Emmesse dure dalla tasca dei pantaloni, ne tira fuori una e me la mette in bocca, poi l'accende. Con la sigaretta fumante al lato della bocca continuo a spingere con tutta la forza che ho nelle braccia per rendere quel pavimento almeno passabile. Il day hospital di Medicina generale è al piano meno uno, una delle vie per arrivarci è la galleria di collegamento. Anche se è ancora presto, sono le dieci e tre quarti, con il calare della luce questo budello sotterraneo assume un'aria inquietante per chi è facilmente impressionabile. Io, di solito, quando sono solo preferisco passare per i viali esterni, troppe volte lì sotto sono saltato per qualche figura uscita al volo da una delle tante porte che si aprono lungo il percorso. Anche adesso, monospazzola in pugno e sigaretta in bocca, in mezzo ad altri tre uomini grandi e grossi, non posso guardare verso la galleria senza provare una strana e ingiustificata inquietudine.

Quanto più i miei occhi si impauriscono innanzi a qualcosa, tanto più ci corrono di continuo. All'ennesimo sguardo buttato di sfuggita, un lampo velocissimo: un corpo nudo al centro esatto del budello, distante da noi una ventina di metri. Non faccio in tempo a tornarci con gli occhi che tutto è svanito. Ma quel corpo io l'ho visto, ho avuto le allucinazioni tante volte, soprattutto ai tempi dei rave e anche con l'alcol quando il delirio si fa violento, so distinguere tra una proiezione e la realtà, per quanto assurda. Subito spengo la monospazzola.

«Ch'hai fatto, Danieli'?» Massimo nota il mio sconcerto.

«Mi sembra d'aver visto qualcuno.» M'incammino in direzione della galleria, prima però mi giro verso Massimo. «Aò, vieni pure tu, io da solo c'ho paura.»

Senza che Giovanni e Luciano si accorgano di nulla, iniziamo a inoltrarci nella galleria, con grande accortezza, camminando l'uno a fianco all'altro.

«Se pò sape' che hai visto?» Anche Massimo non eccelle in coraggio, il tono della voce non lascia dubbi a riguardo.

«Ho visto uno, nudo.»

«Come uno nudo?» Massimo si ferma all'istante.

«Uno nudo, tutto bianco.»

Proseguiamo spalla a spalla per un'altra ventina di metri, poi, tra due carrelli vuoti della biancheria, una figura con la faccia rivolta al muro. È nudo, completamente.

«Eccolo.»

Ci avviciniamo con grande lentezza, quella figura acquista definizione, è un ragazzo, avrà quattordici, al massimo quindici anni, il suo corpo dondola ritmicamente.

«Scusa» provo a dirgli, ma lui non ha nessuna reazione. «Scusa.»

Il nulla.

Ormai siamo a non più di mezzo metro da lui, deve averci sentito per forza, ma la nostra presenza non muta di un grammo la sua condotta, sempre faccia al muro, sempre preso dal suo dondolio. Nella parte interna delle cosce, anticipati da una puzza tremenda, rivoli di escrementi e urina. Io e Massimo ci guardiamo.

«Questo pò esse uscito solo da un padiglione.»

«Il Ford.»

Con tutta l'accortezza del mondo allungo una mano verso il braccio del ragazzo, magari il contatto lo sveglierà dallo stato in cui è precipitato. Anche questa speranza cade nel vuoto. Lentamente lo faccio voltare verso di noi. All'apparenza è un ragazzo normale, solo gli occhi avvertono della malattia, fissi, impauriti.

«Adesso ti portiamo al tuo reparto, va bene?»

Lui non oppone resistenza, l'essersi allontanato deve averlo stremato, struscia i piedi, solamente il dondolio resta invariato. Così da vicino la puzza è fortissima, per respirare giro la testa dall'altra parte. Massimo cammina un metro dietro, lo abbiamo deciso assieme, nel caso il ragazzo tentasse qualcosa lui può intervenire subito. È incredibile la sintonia che ho sviluppato con Massimo, il più delle volte non occorre parola che sia una, ci parliamo a sguardi, e ci fidiamo, ciecamente, ognuno dell'altro, come sto facendo io in questo momento.

Del ragazzo che stiamo portando una cosa mi colpisce più di tutto, e non riguarda la sua malattia. Non avevo mai visto una pelle così bianca, una volta in campeggio ho conosciuto un albino, simpaticissimo, ma quella è un'altra cosa. Questo ragazzo ha la pelle di perla, lucida, scintillante. Sembra fatto di ceramica viva, una rarità inestimabile. Chissà senza la malattia quante attenzioni avrebbe attirato, quante mani femminili avrebbero voluto toccarlo.

Fuori dal Ford stazionano tre infermieri, discutono tra loro ad alta voce, uno cammina nervosamente avanti e indietro bestemmiando tra una frase e l'altra. La loro concitazione è dovuta al ragazzo che gli stiamo riportando, la sua fuga deve aver provocato non pochi problemi. Quando ci vedono ci vengono incontro, l'infermiere bestemmiatore per la contentezza mi abbraccia, mi solleva di peso come niente.

«Grazie rega', c'avete sarvato 'a vita, quanno volete c'avete er caffè pagato.» Poi si prendono il ragazzo dalla pelle di luna.

«A Paolino, e che ce vòi fa' mori'? Lo sai che non pòi usci' dal reparto.» Lui si lascia portare come ha fatto con noi.

Mentre camminiamo verso il day hospital di Medicina generale non riesco a distrarmi, tento di ritornare con la mente al lavoro che ci aspetta, ma è inutile. Ormai conosco il mio funzionamento, ci vorrà un po' di tempo, qualche battuta a segno di Massimo, oppure di Giovanni, e un poco alla volta tornerò tra i vivi, sino al momento in cui tutto sarà passato.

«Anfami, ma che ve n'annate e 'n ce dite 'n cazzo.» Giovanni e Luciano sono al centro della sala d'attesa del day hospital, ci guardano in cagnesco.

«Sì, semo annati a balla', poi a casa de du' fiche da paura.» Massimo risponde e intanto con le mani mima le curve di una donna, Luciano, che sull'argomento riesce sempre meno a intendere e volere, scatta all'istante.

«Davvero?»

«Come no, semo annati a balla', avemo rimorchiato, poi semo annati a casa de queste, se le semo trombate, tutto in dieci minuti, a Lucia' ma come cazzo ragioni.» Luciano si rende conto della sciocchezza cui ha creduto. «C'era un poveraccio uscito dar Ford, l'avemo riportato dentro, contenti?»

Mentre Massimo chiude il discorso, io mi rimetto alla monospazzola, sono le undici e mezzo, il day hospital di Medicina generale è una guerra appena principiata.

Alle cinque lo sgrosso è ultimato e la nostra soddisfazione è più o meno pari allo zero, il day hospital non sembra tanto diverso da come lo abbiamo trovato ieri sera.

«Armèno adesso è disinfettato» chiosa Massimo, ma la sua constatazione non cambia l'umore di nessuno.

Quando arriviamo in ufficio c'è già l'ammucchiata di colleghi che si preparano alla mattina, c'è anche Marianna la sindacalista, gli occhi mi vanno ai piedi della sua corte, quattro o cinque colleghe che non si separano mai da lei, ora hanno tutte le scarpe nuove.

«Belle scarpe» faccio a tutte loro, in particolare a Marianna, ma né lei né le altre hanno il coraggio di rispondermi.

Il sole è già alto, mani in tasca m'incammino verso la macchina.

Toc toc.

Non ho nemmeno per un secondo il dubbio che non sia lui.

Era dalla fine di giugno che mancava dall'ospedale, avrà passato le vacanze al suo paese, qualunque esso sia.

Lo cerco alle finestre del suo reparto, alla fine lo trovo, in una stanza diversa rispetto alle altre volte.

Toctoc è peggiorato, non occorre chissà quale indagine clinica per capirlo. Il pigiamino grigio che gli ho visto anche in passato sembra improvvisamente diventato di due taglie più grandi. Anche il viso è diverso, meno in carne, gli occhi incavati negli zigomi appuntiti. Serio, come al solito, mi saluta, COR-NU-TO, poi mi concede il suo sorriso bianchissimo.

La mente mi va alla pelle di luna di quell'altro inerme che stanotte abbiamo riportato al Ford.

COR-NU-TO gli rispondo, restiamo immobili a guardarci, il tempo passa ma né io né lui ci muoviamo, sarà per la stanchezza, un po' per il sole che mi batte in testa, ma stare fermo a guardarlo mi riposa il corpo e la mente.

Non può esserci infermiera che tenga, o codardia possibile, io Toctoc lo voglio conoscere, mi deve dire come si chiama, da dove viene, perché sconta questi periodi dentro l'ospedale.

«Buongiorno, presidente.»

Un'infermiera si produce in un sorriso lunghissimo.

Al mio fianco scorre la figura curva del presidente, sono le sei di mattina e ha già il passo svelto che gli vedo sempre, la faccia china a terra.

Quando alzo di nuovo gli occhi Toctoc non c'è più, si sarà offeso perché ho smesso di guardarlo, ormai lo conosco.

18

La lettura. È stato l'ultimo pensiero prima di addormentarmi e il primo al risveglio, dopo sole quattro ore di sonno.

Tentare di razionalizzare la paura è del tutto inutile, come pure ridimensionare la faccenda. Frasi del tipo "ma che t'importa!", "vivila tranquillamente!", "e che sarà mai, una guerra?" non fanno altro che aumentare la mia irritazione. So perfettamente che non si tratta di una guerra, così come so che tutto, ma proprio tutto si potrebbe vivere con ben altra tranquillità. Il problema non è nella consapevolezza, ma nella capacità di farlo.

«Scusa, al massimo che cosa potrebbe anda' male? Di che c'hai paura? Che t'impampini? Che non leggi bene?»

Mia madre, con il caffè in mano, aggiorna la lista d'interrogativi inutili che mi sento proporre ogni volta. Non capisce, lei come nessun altro, che il problema non è cosa accadrà durante, quello che potrà o non potrà andare. Il problema vero è arrivarci, passare ore d'inferno in preda all'angoscia, vivere e rivivere all'infinito la stessa scena.

Sono le undici di mattina, a una misurazione approssimativa del battito cardiaco sono già sopra i cento a riposo. Tristemente nella media.

Con lentezza assoluta, prima pelo e poi contropelo, mi sbarbo per l'occasione, mio padre mi ha educato a vedere l'uomo barbuto come sciatto, persino sporco, vuoi mettere due guance lisce lisce, il profumo di dopobarba, un altro passo, insomma.

Mi vesto con un poco più di attenzione del solito, infilo una polo e un paio di jeans freschi di bucato. Dall'armadio, ormai impolverato per l'inutilizzo, tiro fuori l'armamentario di ogni poeta che si rispetti. Una borsa, sgualcita il giusto, dove riporre libri, quaderni, appunti. Nella mia, infilo soltanto cinque fogli A4 con le poesie che vorrei leggere, dentro ci trovo una vecchia rivista con alcuni miei inediti, più altri fogli ripieni della mia grafia, a distanza di tempo totalmente incomprensibile.

Saluto mia madre, più che a una lettura di poesia sembro diretto a una visita dove mi verrà comunicato quanto ancora mi resta da vivere.

«Aò, esci sur "Messaggero" e manco dici 'n cazzo.»

Giovanni mi sventola il quotidiano in faccia non appena mi vede; fuori dall'ufficio, assieme a lui, ritrovo Massimo e Luciano, ci sono anche Adriana, Raffaella e altre. Prendo il giornale dalle mani di Giovanni, lui con un ditone mi indica il riquadro da leggere. Tra gli appuntamenti culturali in città c'è anche la lettura che mi aspetta, tra i nomi dei poeti anche il mio.

«T'ho trovato io, piccolo» mi fa Adriana. Nei suoi occhi ritrovo quella richiesta indefinita.

«Hai capito questo?» Giovanni mi riprende il giornale dalle mani, cerca con gli occhi le poche righe della notizia. «Tra i poeti ospiti... aspetta 'ndo' stai... ecco... Daniele Mencarelli, ripeto Daniele Mencarelli, tra i poeti ospiti, avete capito?»

«E che sarà mai, è una notizia di tre righe.» Tento di chiudere il discorso, ma le mie parole generano in Giovanni un repentino cambiamento, ora l'ironia sembra essersi trasformata in fastidio.

«Come che sarà mai? Stai s'un giornale nazionale, te chiameno poeta, te pare poco?»

«No, è una cosa bella, per carità, però quando fai una cosa di un certo tipo è normale finire sui giornali, per recensioni, articoli.»

«Avete capito? È normale fini' sui giornali, quanno fai certi lavori importanti, mica come noi, giusto Danie'? Tu qui ce stai pe' sbajo, e mica vòi fa' 'o sguattero a vita, me sbajo?»

«Guarda che mica è l'unico collega a esse finito sur giornale, t'o ricordi Enzetto? Pure lui c'è finito, c'aveva quattrocento pasticche d'ecstasy a casa, pure lui era famoso.»

La battuta di Massimo è arrivata precisa, tagliente, non c'è collega che non rida, compreso Giovanni. Anche io rido, ma gli sguardi di tutti addosso, appuntiti, freddi, non riesco a dimenticarli.

«Volete pure 'na tazza de tè? Du' pasticcini? Daje che poi se la prendono co' me. Voi quattro dovete risolve un problema a una sala operatoria de Chirurgià, pe' ripara' 'na serranda l'hanno contaminata, annate a da' 'na pulita, poi viene la ditta a sterilizza' tutto.»

Mentre andiamo verso Chirurgia mi affianco a Giovanni.

«Guarda che a 'ste letture nemmeno c'andrei.»

Giovanni resta in silenzio e io faccio lo stesso, dopo una manciata di passi mi allenta una manata su una spalla che mi fa sbattere contro al muro.

«Daje poeta, offrice er caffè, prima che te meno.»

Sotto il pizzetto squadrato gli compare il sorriso.

Che bello sentirmi di nuovo accolto. Massimo, poco più avanti, mi fa l'occhiolino, ha capito la mia difficoltà come capisce ora la mia gioia. Non mi serve dirgli nulla, basta il mio sguardo di ringraziamento.

I comparti chirurgici sono come navicelle spaziali, tutto, almeno all'apparenza, qui dentro vive protetto, separato dall'esterno. Prima di entrare abbiamo indossato la tuta spaziale d'obbligo: i camici verdi operatori, sovrascarpe, cuffia e mascherina.

L'ambiente contaminato è l'anticamera di una sala operatoria, alcuni operai per cambiare la cinta di una tapparella sono stati costretti ad aprire la finestra senza sapere il danno che stavano provocando: anticamera e sala operatoria dichiarate inagibili.

«'O sapete 'sto scherzo quanto costa all'ospedale? 'A ditta de sterilizzazione se pija minimo cinque mijoni pe' 'na sala operatoria.»

Il nostro compito si limita a una spolverata e poco più, il lavoro vero verrà fatto dagli specialisti della ditta. Iniziamo a darci da fare.

«Danieli' qui stamo in campana, ce saranno tre mijardi de macchinari qua dentro, famo un danno e ce tocca lavora' fino a trecent'anni.»

In effetti l'ambiente è impressionante, il letto centrale è costellato tutt'intorno da macchinari indecifrabili, dal soffitto pende l'enorme lampada operatoria. Cerco tra la nostra roba i guanti da indossare, ne metto sempre almeno due paia per volta, ma il contenitore di carta è vuoto. Ripiego su un paio di guanti operatori rimediati in un armadietto, sono più spessi e lunghi di quelli comuni in lattice, arrivano sin quasi al gomito; in ogni confezione c'è anche una piccola saponetta per il lavaggio delle mani, a leggere le indicazioni per una pulizia accurata ci vogliono non meno di cinque minuti.

Mentre pulisco le pareti con il disinfettante, gli occhi percorrono le vetrine ai lati della stanza, colme di attrezzi chirurgici, che siano tali lo apprendo dal contesto, non certo dalla loro conoscenza. Non mi stupirei di vederli in un'officina meccanica, o peggio ancora in una sala di torture. Morse, seghetti con i denti scintillanti, divaricatori, la durezza dell'acciaio al servizio della carne.

Dopo circa un'ora non posso più fare finta di niente, la caffeina a quantità industriali è stata il colpo di grazia alla mia vescica, già allentata da anni di alcol. Vado a cercare il bagno.

Sul corridoio si aprono otto sale operatorie, ogni porta ha un oblò che permette di osservare le attività all'interno.

All'ingresso del comparto operatorio un infermiere ci ha catechizzato per bene: le attività nelle altre camere operatorie procedono come da calendario, e per quel giorno sono previsti interventi importantissimi, soprattutto uno, nella sala quattro, andrà avanti almeno per altre otto ore. Noi dobbiamo essere come fantasmi, fare il nostro lavoro e poi scomparire, il prima possibile.

La sala quattro è due porte oltre la nostra, dovrei andare in bagno, ma quell'oblò mi chiama, chiede di essere usato, sta lì per quello.

La volta di un torace aperta, intorno sei, sette camici verdi.

Mi basta uno sguardo per capire il mio sbaglio, l'ultimo di una lunghissima serie dovuta alla mia curiosità patologica.

Lo stordimento per quel bambino aperto è fortissimo, ma a impressionarmi forse anche di più sono tutti quei medici, abituati a lavorare su ingranaggi umani, meccanici di fronte a una macchina dotata di nome e cognome, con un motore che spinge sangue, l'aria fresca nei polmoni. A quale grandezza può arrivare un uomo, farsi miracolo in Terra, aggiungere anni alla vita di un bambino. E quanto grande può diventare la piccolezza, tanto da trasformarsi in infamia: quella di chi non capisce la maestosità di questa missione e ne fa carne di porco e parcelle.

Alle tre e mezzo terminiamo la pulizia nel comparto operatorio, con l'avvicendarsi delle ore il pensiero della lettura si fa sempre più ossessivo, ogni tanto dico a me stesso di rinunciare, in fondo perché devo espormi a una simile fatica nervosa? Ma farlo vorrebbe dire perdere l'unico spazio in cui la mia voce esce autentica, con tutto il carico di amore e incapacità di vivere che sconto ogni giorno.

«Piccolo.»

Stiamo camminando verso l'ufficio quando mi raggiunge Adriana, non porta la divisa, il suo turno è finito da un pezzo. Quando capisco che mi vuol parlare, faccio cenno ai tre compagni di squadra di andare avanti. Adriana indossa una maglia simile a una di mia madre, rispetto a lei porterà almeno tre taglie in più. Mi avvicino ma lei resta zitta, intimidita.

«Dimmi tutto, Adria'.»

Le ci vuole uno sforzo enorme per parlare.

«Io da un po' ti volevo chiedere un favore, da quando ho saputo che sei poeta.»

Il silenzio se la riprende. Tante volte ho visto quella vergogna, per un adulto parlare di poesia, soprattutto le prime volte, è un atto che richiede grande coraggio.

«Adria', con me puoi parlare tranquillamente.»

«Io c'ho un figlio, mi sembra d'avertelo detto, da tre anni non sta bene, è stato da due specialisti che l'hanno visto un'ora per uno e l'hanno riempito di farmaci, ma lui secondo me ha soltanto bisogno di confidarsi, di trovare qualcuno che lo capisca, così magari non si sente solo e ricomincia a vivere normalmente.»

Non mi aspettavo certo una richiesta simile.

«Per i medici che ha?»

«Tutti e due hanno detto che è depressione bipolare, ma per me c'hanno capito poco.»

«Va bene, quando vuoi portalo qui.»

Adriana sembra rinascere, mi abbraccia di slancio, poi mi assesta un bacio sulla guancia. «Grazie piccolo, per te domani pomeriggio va bene? Voi attaccate alle cinque, magari ci vediamo qui fuori al bar verso le quattro.»

«Perfetto.»

Non so a cosa servirà questo incontro, ma non avevo altra scelta.

Chiusa nel magazzino degli attrezzi, fumando a turno per non segnalare la nostra presenza, la squadra intera si riposa aspettando lo scoccare delle otto. Luciano gioca col telefonino, Massimo e Giovanni chiacchierano del più e del meno, seduti su alcuni scatoloni di detersivi. Il discorso è finito sul presidente dell'ospedale.

«Ma ce pensate? Quindici mijoni ar mese, all'anno so' centottanta, senza conta' tutti i benefit che c'avrà, come 'a casa, 'a machina.»

«Va detto però che nemmeno se li gode, sta qui dentro da matina a notte, e poi come s'i potrebbe gode'? Quello è 'n omo de chiesa.»

«Sì, de chiesa, quello è 'n fijo de 'na mignotta, artroché.»

Ascolto senza parlare, la mia attenzione è tutta rivolta all'interno, ai pensieri funesti legati alla lettura. Un calcio mi arriva sulla coscia.

«Aò, sei vivo?» È Massimo ad avermelo dato.

«So' vivo, so' vivo, ve ricordo che le scarpe vostre, le vostre perché io a distanza de sei mesi ancora vado avanti con le mie, c'hanno la punta de ferro, quindi i calci vanno dati piano.» E ammollo io un calcio a Massimo. «Lo senti questo quanto è morbido? È calcio de scarpa da ginnastica, anche de marca.»

«Vabbe' ho capito, ma se pò sape' che hai fatto, sei tutto bianco, silenzioso, pare che stai a mori'.»

«Non sto a mori', solo che le letture che faccio me pesano, io so' timido, e poi quelli se sentono tutti sto cazzo.»

«E a te che te ne frega? Anzi, se sentono sto cazzo e te magari sei pure più bravo de loro, godi du' vorte.»

Luciano, che sino a ora se n'era stato con gli occhi fissi al telefonino, si avvicina di scatto.

«Di' la verità, a queste letture si tromba, uno legge, poi magari si avvicina una che fa i complimenti, e il gioco è fatto.»

«Lucia', mi sembrava strano che non finissi a parla' de

fica, comunque te devo delude, io in sei anni de letture non ho mai rimorchiato, forse altri ce riusciranno pure.»

«A Danie', eccheccazzo: non te va d'annacce, te cachi sotto, non rimorchi, famo 'na cosa, te vai a casa mia, te magni l'avanzi de ieri sera e te ne stai da solo tutto er tempo, io vado ar posto tuo, ce stai?» Guardo Giovanni, la faccia paterna con cui mi ha fatto questa finta domanda.

«A Giova', te non ce crederai, ma se dovessi segui' la paura farei a cambio volentieri.»

Lui resta qualche secondo in silenzio.

«Danie', te la posso di' io una cosa?»

Prontamente annuisco.

«Ma vedi d'annattene affanculo.» E mi assesta un cazzotto sulla spalla.

«A Giova', c'hai ragione, se n'annasse un po' affanculo.» Massimo si associa con le parole e i fatti, mi arriva dietro la testa uno scappellotto violentissimo. Luciano, senza dire nulla, si sente in dovere di partecipare, un cazzotto sulla spalla già offesa da Giovanni.

Alle otto spaccate timbriamo. Nella mia tenuta da lettura, con tanto di borsa, saluto gli altri, poi m'incammino, solo, mi fermo qualche istante sotto la finestra di Toctoc, ma di lui nessuna traccia.

«Un bicchiere bianco.»

L'unico aspetto positivo di questo calvario è la licenza che mi sono concesso.

Cammino per il centro di Roma aspettando il momento in cui l'alcol inizierà a fare il suo lavoro, intanto mi tocca questo profondissimo senso di solitudine, dovrei godere della passeggiata che sto facendo, ma non ci riesco.

Sono in uno dei posti più belli del mondo, attorno a me centinaia e centinaia di turisti giunti per stupirsi di tanta meraviglia, eppure niente mi conquista. Un senso di vuoto, un'assenza che si rinnova a ogni passo, ogni volta che una vetrina rimanda la mia immagine solitaria.

«Un bicchiere bianco.»

Come misura mi sono concesso tre bicchieri, l'ultimo dei tre lo berrò poco prima di buttarmi nella lettura, poi tutto sarà finito e tornerò a respirare.

Fuori dalla galleria ci sono già diverse persone, tra cui il gruppo di poeti ospiti. Alcuni sono amici, altri meno, per mancanza di conoscenza o per antipatia reciproca.

La galleria d'arte è un buco di una quarantina di metri quadri ed è stracolma, non che ci vogliano mille persone a riempirla, ma almeno una settantina buona ce ne saranno. Alle pareti alcuni dipinti informali, non particolarmente belli, almeno secondo me, semmai tristi. Sul fondo di questo stanzone un enorme libro in legno, la scultura di un artista presente: i poeti si siederanno sopra quel blocco enorme per leggere. Tutta la situazione spinge il cuore a correre come fosse in discesa, più di quanto già non facesse. Prima di farmi vedere devio di una ventina di metri, quelli necessari a raggiungere un bar lì di fianco.

«Un bicchiere bianco.»

E con questo ho esaurito la licenza, almeno nei termini pattuiti.

L'alcol arriva con un'onda di tepore e l'improvvisa capacità di concedermi abbracci e slanci d'affetto, m'infilo nel gruppetto di poeti dopo aver salutato tutti calorosamente.

Prima che inizi la lettura si parla delle solite cose.

«Hai saputo? Mondadori sta preparando una nuova antologia, dicono saranno sempre Cucchi e Riccardi a curarla.»

«Non lo sapevo, hai sentito invece di Guanda? Vuol chiudere la Fenice, sarebbe davvero un danno pazzesco.»

Improvvisamente, dall'interno della galleria arriva una ragazza con vassoio e bicchieri, la proprietaria vuole far assaggiare il vino di un suo amico produttore. Il rosso scorre fresco, corposo. Dopo qualche minuto, un ragazzo stracolmo di piercing fa il giro con un bianco frizzante. Leggero, leggerissimo.

I poeti vengono chiamati a sedersi sul libro di legno, si segue l'ordine alfabetico e quindi, un po' come a scuola, io sarò più o meno al centro.

Malgrado tutto l'alcol, mi terrorizza quel catafalco su cui dovrò montare per leggere, i poeti ci stanno sopra un po' costretti, mezzi seduti, in una posizione apparentemente poco confortevole.

Non so se ce la faccio, il mio corpo non ha più naturalezza, io non mi sento più naturale, mai, in nessuna situazione, figuriamoci sopra un libro di mogano grande come un salotto. Gli altri poeti, invece, malgrado la scomodità della seduta vanno e vengono come niente fosse, così controllati, tranquilli. Non sono come loro, non lo sarò mai, come mai sarò uguale ai miei compagni di squadra. Io sono come nessuno.

«Un bicchiere bianco.»

«Un bicchiere bianco.»

«Un bicchiere bianco.»

Quando torno in galleria, mancano ancora un paio di poeti, poi toccherà a me. Chiamano il mio nome, sorrido nel sentirmi nominare, mi avvio tra la gente seduta che mi guarda, ormai è calata una coltre insuperabile tra me e chi ho attorno.

La dimenticanza si avventa al primo sguardo che getto su quel librone, tutto si fa buio. Di quello che c'è dopo non arrivano altro che brevi immagini confuse: un amico poeta che mi chiede di andare a mangiare una cosa con loro, io che rifiuto appellandomi al turno di lavoro che mi aspetta l'indomani. Poi altri abbracci, ma non ricordo a chi e quando.

Tento, sforzandomi al massimo, di ricordare qualcosa della lettura. Niente.

Chissà come sarà andata.

19

«Com' è andata?»

«Benissimo, ho letto cinque poesie nuove, sono molto piaciute.»

«A vederti come sei rientrato non l'avrei detto.»

«No, no, è andata alla grande, so' stato pure a mio agio.»

Io e mia madre mangiamo assieme, nel piatto mi ha messo una bistecca bellissima, a scegliere la carne è maestra, non mangio da ventiquattr'ore e la fame si sente, lei invece non sembra particolarmente affamata, ogni tanto scucchiaia da una scatola di formaggio spalmabile.

«Stanotte mentre te mettevo a letto deliravi, come al solito, ripetevi de continuo che avevano aperto il petto d'un bambino e che lo dovevano richiude, c'hai pure pianto.»

«Non è niente, è che ieri abbiamo fatto un intervento dentro una sala operatoria, vicino stavano a opera' un bambino.»

Non ci diciamo altro.

Alle due e mezzo esco di casa, per le quattro devo trovarmi al bar fuori dal Bambino Gesù, Adriana e il figlio mi aspettano, anche se non so davvero cosa ci diremo. Io non riesco ad aiutare me stesso, figuriamoci qualcun altro.

Ma la macchina non si trova. Immobile in mezzo alla strada tento l'intentabile, ricordarmi qualcosa, ma non so davvero da dove cominciare. Giro ogni angolo del paese, tutti quelli dove di solito, tanto da sobrio che da ubriaco, butto l'auto, ma niente, sparita.

Sono le tre e la caccia al tesoro è ferma, tra bestemmie e impotenza.

«Se stai a cerca' la macchina sta sotto al ponte verso Genzano.»

L'informazione mi arriva dal fornaio della piazza, più di qualche notte ha dovuto interrompere il suo lavoro per raccogliermi da terra e portarmi a casa.

La ritrovo con una multa sotto il tergicristallo, ho parcheggiato con due ruote su un marciapiede ed ecco il risultato. Parto velocemente, senza calcolare che il lato sinistro dell'auto è rialzato di almeno venticinque centimetri, il tonfo sordo è violentissimo, rimbalzo all'interno dell'abitacolo. Anche le macchine nascono con le loro croci, ci sono quelle che finiscono nelle mani di gente per bene, altre che finiscono nelle mie. Mentre mi porta verso l'ospedale l'accarezzo. Il cruscotto nero, pieno di polvere ormai incrostata, è il posto dove preferisce essere coccolata.

Malgrado il traffico del venerdì pomeriggio riesco ad arrivare puntuale, per il parcheggio ho un accordo con Dentino, il nome al parcheggiatore gliel'ho dato io per via dell'unico dente che ha in bocca, sa i miei turni e mi lascia uno spazietto tutto per me. In cambio gli do diecimila a settimana più una manciata di caffè. A passo svelto arrivo al bar del Gianicolo dove ci siamo dati appuntamento, ma di Adriana e il figlio nessuna traccia. L'assenza di pioggia ha reso il cielo di Roma un piombo sospeso, a guardarlo vien quasi voglia di smettere di respirare, più su, elevati a ben altra aria e cielo, i Castelli. Da noi lo smog non arriva, non si permette.

«Piccolo.»

Adriana mi arriva alle spalle, assieme a lei non c'è nessuno.

«Lui è seduto là, è timido ma gli va di parlare, io vado in ospedale, così voi state più tranquilli.» Mi indica un ragazzo su una panchina.

«Va bene.» Mi avvio verso il figlio, poi mi ferma un pensiero. «Adria', scusa, non so come si chiama.»

«Daniele, come te.»

Mi siedo sulla panchina, l'unica della fila a non essere raggiunta dal sole del mezzo pomeriggio. Daniele registra il mio arrivo ma non mi guarda. È un ragazzo alto più o meno come me, la pancia gonfia sotto una t-shirt nera, i capelli lunghi castani tirati indietro e tenuti in una coda, sul viso una barba incolta copre le guance segnate dall'acne degli anni che furono. Si volta verso di me.

«Te lo dico subito, sto qui per fare contenta mia madre, non certo per me.» Poi torna a osservare il niente dalla parte opposta a dove sono io.

«Ci chiamiamo uguale, te di che anno sei?»

Alla domanda segue il silenzio, per un po' mi adeguo, poi inizio a soffrirlo. Fin da bambino l'ho sempre vissuto come fosse una mia colpa, un vuoto di parole e suoni causato dalla mia incapacità d'essere di compagnia, o da qualche azione sbagliata che ha offeso chi ho di fronte.

«Te di che anno sei?»

Ancora silenzio.

«Guarda che tua madre non s'aspetta niente da questo incontro, l'ha fatto solo per farti parlare un po'.»

Finalmente Daniele torna a guardarmi.

«Io non ho voglia.»

L'ha detto lentamente, scandendo ogni suono, ora che ci guardiamo un poco più a lungo posso vedergli bene gli occhi, l'odio espanso nelle pupille, se potesse mi ucciderebbe volentieri. Ho paura, improvvisamente, mostruosamente paura. Daniele resta col viso puntato sul mio.

«Io non ti conosco e non ho voglia di conoscerti, me ne stavo a casa mia, nella cameretta mia, sul letto mio, poi arriva lei e mi dice che c'è un collega tanto sensibile che mi vorrebbe conoscere, mi trascina fuori, ma io stavo bene, bene, lei non vuole che me ne stia senza fare niente a guardare il soffitto, ma a me piace guardare il soffitto, stare immobile, posso guardare il soffitto? Lo potrò guardare?» Dal silenzio a una cascata di parole a velocità impazzita, un leggero tremore gli fa ballare tutto il viso, la fronte lucida per il sudore. «Sentiamo, e tu che mi vorresti dire di così importante, sei un saggio? Un illuminato? Parli con Dio? Con il diavolo? Oppure lavori per i Servizi, tu conosci i nomi dei Santi?»

Resta con la bocca aperta, ai lati un filo di bava bianca.

«T'ho chiesto se conosci i nomi dei Santi, allora?»

«Ma intendi di tutti i Santi?»

«Sì, tutti tutti, dal primo all'ultimo.»

«No, non li conosco.»

«E allora come pensi di poter aiutare uno come me, io li conosco tutti, tutti, li vuoi sentire?»

«No, ci credo.»

«Senti, Achilleo Adalberto Agata Agnese Agostino Alberto Alfonso Ambrogio Andrea Angela.»

«Oddio sono le quattro e mezzo, scusami ma devo entra' al lavoro.»

Lo lascio sulla panchina. Mi giro soltanto una volta, lui continua a guardare nella mia direzione, la bocca aperta, almeno mi sembra, vomita ancora i nomi dei Santi.

«Allora, com'è andata?» La voce di Adriana mi fa saltare, aspettava dietro al cancello dell'ospedale. «Speravo ci parlassi di più, lui all'inizio è un po' aggressivo, ma piano piano si calma.»

Ha negli occhi una speranza che non so davvero come alimentare.

«Adrià', io non sono un medico, quindi quello che ti dico lascia il tempo che trova, però secondo me Daniele ha bisogno di quello che ti hanno detto i dottori.»

Adriana non mi fa nemmeno finire, sul suo viso la speranza è morta sul colpo, si allontana in direzione del figlio.

«Adria', non vivere i medici e gli psicofarmaci come una cosa brutta, io li ho presi, a vent'anni, m'hanno aiutato, fagli fàre una cura, vedrai che le cose miglioreranno.»

Lei si ferma di scatto, mi guarda in modo nuovo.

«Pensavo fossi un ragazzo sensibile in grado di capire le persone che lo sono, ma si vede che mi so' sbagliata.»

«Adria', la sensibilità è un argomento pericoloso, tuo figlio ha delle fragilità, dei problemi, se non prendi atto di questa cosa non lo aiuterai mai.»

«I problemi ce li avrai tu, non lui.»

Adriana si allontana, la vedo attraversare la strada, arrivare dal figlio e toccargli leggermente una spalla.

M'incammino verso il nostro ufficio, sento da qualche parte una ferita, uno squarcio freschissimo, ma non ho niente da usare contro di me, ho detto semplicemente quello che avrebbe detto chiunque, ho cercato di dare voce alla verità, nient'altro.

Il Novecento finirà tra qualche mese e con lui un millennio intero, se potessi vedere esaudito un desiderio chiederei la totale interdizione, dal Duemila in poi, del concetto di "sensibilità", almeno quando utilizzato per vagheggiare sull'animo umano. Un solo concetto per mille e mille inesattezze, buonismi pericolosi, ritardate o mai compiute prese di coscienza.

«Che hai fatto? Pare che t'hanno menato.»

Massimo siede fuori dall'ufficio, Giovanni e Luciano non sono ancora arrivati.

«Ma che, Adriana ha voluto che vedessi il figlio, quello sta male, ma male veramente, quando gliel'ho detto s'è incazzata, ma che potevo fa'?»

«E che potevi fa'? Niente, se sta male, 'e madri so' sempre l'urtime a capi' certe cose sui fiji purtroppo, in fondo è pure normale.»

«C'hai ragione, dillo alla mia.»

Massimo si carezza il baffetto, mi scruta.

«In che senso?»

«Ma niente, diciamo che un po' glien'ho combinate...»

«Ah, vabbe', chi de noi nun c'ha avuto er periodo suo de stronzate, tutti.»

Mi piacerebbe poter dire a Massimo che il mio perdura indisturbato da anni.

«Guarda quanto so' belli, me sembrano Cip e Ciop.» Alle spalle ci raggiunge la voce di Giovanni, accanto a lui c'è Luciano.

«Pure te e quer chiodo secco sète belli, me sembrate Gianni e Pinotto.» Massimo è una delle lingue più veloci che abbia mai conosciuto.

«'Namo va, levamose 'sto cazzo de Centro prelievi.»

Divisi per coppia scendiamo verso lo spogliatoio, il cielo lattiginoso è sempre più pesante.

«Oggi se schiatta» commenta Giovanni mentre si tira indietro i capelli sudati.

«Per fortuna al Centro prelievi c'è il sistema d'aria condizionata nuovo nuovo.» Luciano risponde mentre con un fazzoletto si pulisce gli occhiali, quelli che gli ho pagato in cambio del paio rotto.

Alla fine della discesa incrociamo un vigilante, sta aprendo, con una delle tante chiavi del suo mazzo, la porta verde della casetta dei bambini morti.

«Quello è ciociaro, 'n'infermiera paesana sua me stava a di' che c'ha 'n sacco de sòrdi, è pieno d'appezzamenti de tèra.» Giovanni si riferisce proprio al vigilante.

«Beato lui.» Io e Massimo rispondiamo insieme, con sincronia perfetta.

Nello spogliatoio c'è Amir, ci saluta con un cenno del capo.

«Bella, pizzetta'» gli fa Massimo.

«A proposito, quando venite a mangia' 'a pizza da me? Ve faccio mori'.»

Giovanni ci guarda uno a uno. «Amir mica ha detto 'na

stronzata, domani sera se volemo anna' a magna' 'na pizza assieme?»

L'idea piace subito a tutti.

«Allora dopo er Centro prelievi se mettemo d'accordo
sull'orario, bravo Amir.»

Mentre andiamo verso il nostro magazzino continuiamo
a discutere della serata da organizzare.

«Magari dopo possiamo andare in qualche locale, magari di spogliarelli, una cosa così.»

Giovanni si ferma, soppesa le parole appena pronunciate
da Luciano. «Lucia', quanno fai er compleanno?»

«A fine novembre, perché?»

«Giovanni tuo te fa un regalo, te pago 'na mignotta, te
metto 'n mano centomila lire e te ne vai in quarche casa, te
piji una da cento chili, così te strippa pe' bene, armèno pe'
'n par de mesi te ne stai bono.»

Luciano si offende, mentre noi ridiamo senza ritegno.

Fuori dalla casetta dei bambini morti stazionano diverse
persone.

Non sono italiani, hanno la pelle olivastra, i capelli neri,
forse messicani, peruviani.

Ne guardo uno, a lungo.

Un pensiero, uno strano rallentamento del cuore.

Resto immobile.

«Danie'?» È Massimo che mi chiama.

«Voi andate, arrivo subito.»

Faccio una manciata di passi, il tanto che basta ai miei occhi
per mettere a fuoco quei visi, i tratti, le parole in spagnolo.

E dentro, quel pensiero che cresce.

Faccio altri passi, altri ancora.

Era dal mio primo giorno di lavoro che non mi avvicina-
vo così tanto alla porta verde.

Dall'interno della casetta si sovrappongono voci, alcune
in pianto irrefrenabile, altre aggrappate a preghiere.

Un passo. Un altro passo.

Ora disto dall'entrata solo un paio di metri, forse allungando il collo già potrei vedere, ma non ne ho la forza.

Un altro passo. Ne manca uno. L'ultimo.

È lui.

È proprio lui.

È Toctoc.

Ha il vestito da festa, la cravatta, i capelli pettinati con cura.

È Toctoc.

Perché è morto, Toctoc?

Le mani giunte che tengono un rosario, il volto ghiacciato, tutto finito.

Perché?

Tento di togliermi tutto dagli occhi, vorrei strapparmeli.

Sulla mia spalla sento poggiarsi una mano, mi volto, è l'infermiera cattiva, quella che mi aveva cacciato dalla stanza di Toctoc, ha gli occhi colmi di lacrime.

«Non ce l'ha fatta.»

Resto a guardarla. «Io non so niente.»

Lei avvicina il volto al mio orecchio.

«Alfredo soffriva di infezioni ricorrenti, due anni fa gli hanno fatto un doppio trapianto di reni, ma non è mai riuscito a superare l'operazione, stanotte ha avuto un arresto, non c'è stato niente da fare.»

Alfredo.

Toctoc era Alfredo. Il mio cornuto, il mio compagno senza parole, si chiamava Alfredo.

«Era appena ritornato, l'avevo visto dimagrito, ma non pensavo.»

«Ritornato da dove?»

«Io e lui giocavamo dalla finestra, però era da tanto che non lo vedevo.»

«Alfredo non lasciava l'ospedale da almeno un anno, faceva avanti e indietro con la terapia intensiva, ecco perché ogni tanto non lo vedevi più.»

È sempre stato qui, comandato dalla malattia, e io non c'ho capito niente.

Il pianto questa volta non serve a smorzare, una rabbia incontenibile monta a tutta velocità, un furore che accende muscolo dopo muscolo, nervo dopo nervo.

Ignavia. La povertà d'animo di chi non vuole affondare veramente nella vita e nel dolore degli altri. Sono solo le prime cose di cui mi accuso.

Non posso fare altro che odiarmi, per l'amicizia che avrei potuto dargli, per quel che lui, inutilmente, forse si aspettava da me.

I piedi e le gambe non riescono più a stare fermi, provo in ogni modo a rimanere immobile ma non ci riesco. Devo uscire. Muovermi.

Guardo Toctoc, Alfredo, un'ultima volta, vorrei andare ad accarezzarlo, ma non ce la faccio.

Bruci questo posto, la Terra intera.

L'unica cura è dimenticarsi di tutto.

I miei compagni di squadra stanno preparando l'attrezzatura per lo sgrosso, gli arrivo di fronte sconvolto, ma non m'importa più di niente.

«Raga', io ho avuto un problema, non mi sento bene, ditelo voi a Fabio che so' andato via.»

Mi vorrebbero fermare, capire, ma non gli do il tempo di fare nulla. Nemmeno mi cambio, esco dall'ospedale in divisa, tanto per quello che devo fare non occorre essere ben vestiti.

«Una bottiglia di bianco.»

Al primo bar che incrocio.

Risalgo in macchina, ho le mani sudate e per togliere il tappo d'alluminio devo usare i denti. Un solo lungo sorso, mi ero messo in testa di finire l'intera bottiglia con un'unica sorsata, e ho vinto.

Mi ritrovo dalle parti di viale Marconi, in tasca ho duecentomila lire, posso finirmi senza nessun tipo di problemi.

«Una bottiglia di bianco.»

Vorrei svuotare la seconda bottiglia come la prima, ma a metà della gara devo ritirarmi, non ce l'ho fatta. Mi occorrono altre due sorsate per terminare l'opera.

L'alcol entra in circolo ma non c'è morbidezza, né piacere, soltanto un fuoco acceso sotto la rabbia già incandescente di suo.

«Una bottiglia di bianco.»

Ne bevo un quarto, poi la poggio sul sedile a fianco al mio, questa finirà un poco alla volta. Intanto sono arrivato in una zona che non conosco, forse la Magliana, forse dietro la Garbatella.

Un colpo di tosse si trasforma in conato, riesco ad aprire lo sportello, vomito mentre la macchina cammina, lei ormai sa guidarsi da sola.

Una chiesa di quelle nuove, le forme irregolari dovrebbero attenuare il grigio del cemento, architettura triste senza storia, nata vecchia.

M'inoltro fino ai primi banchi, mi siedo.

Tre signore ripetono il rosario, le loro voci si mischiano fino a diventare una, la preghiera che intonano non la conosco, ne so talmente poche. Il resto è deserto, ci siamo solo loro e io.

Anche il crocifisso è moderno, è un'opera imponente, la croce è in legno chiaro, forse frassino, Cristo invece sembra essere di ceramica bianca, a differenza del resto mantiene la sua solennità. Resto così, immobile, a guardare il corpo di Cristo alla croce. Vorrei mi parlasse, mi basterebbe sentire la sua voce solo una volta e tutto diventerebbe pacifico, chiaro, anche il nero dove ora risiede Toctoc sarebbe meno pauroso. Ma Cristo non può parlare, se lo ha fatto è con persone con acqua di sorgente al posto del cuore, non certo gente come me.

Non so dopo quanto mi rialzi, le tre donne continuano il rosario, di tanto in tanto mi guardano. Prima di andarmene mi fermo a una rastrelliera di candele, tiro fuori dalla tasca una moneta da cinquecento lire da mettere nelle offerte, ma la fessura è troppo stretta e il mio equilibrio completamente ubriaco. La fessura gioca a sfuggirmi, ogni tentativo finisce di lato. Lascio la moneta lì vicino. Accendo la candela con il fuoco di una quasi finita. Al centro della fiamma arde Toctoc, lo vedo perfettamente, ma non posso toccarlo. Poi me ne vado.

Arriva la notte, la bottiglia che siede al mio fianco è vuota.

A un semaforo non freno in tempo, tampono la macchina che ho davanti.

Scende una ragazza, è furiosa, scendo a mia volta ma non appena i piedi toccano terra cado in avanti.

«Guarda come stai, te devi vergogna'!» urla. Mi rialzo, le vado sotto, lei mi spinge, io faccio lo stesso, la scaravento contro la sua macchina.

«A mmerda t'a piji co' 'na donna.» Tre ragazzi si avvicinano da un bar lì accanto, non ho paura di loro, li fronteggio col sorriso sulla bocca.

«E a voi che cazzo ve ne frega.»

Dal nulla un cazzotto sulla tempia, fortissimo, il tempo di rendermi conto, di darne un paio pure io, e mi arriva sulla schiena un calcio che mi fa cadere in avanti, provo a difendermi ma è inutile, poi altri calci, con le mani mi proteggo il cranio, ma il resto del corpo è terra di nessuno.

20

L'ospedale lo riconosco.

Così come i due all'ingresso della stanza, parlottano con un dottore.

Mio padre e mia madre.

«Come so' arrivato qua?»

Mio padre si è seduto su una sedia vicino al letto, mia madre è rimasta accanto al dottore.

«A noi ce lo chiedi?»

Faccio fatica a tenere gli occhi aperti, sento dolore sopra un occhio, dietro la schiena.

«Non ti ricordi niente?» mi chiede mio padre.

«Nero. Mi ricordo di una ragazza che ho tamponato, poi che m'hanno preso in tre, che me menavano. Basta. Dove m'avete trovato?»

«Sei arrivato a casa, appena sei entrato sei svenuto, eri tutto sporco, con un occhio gonfio, t'abbiamo portato noi.»

«Che m'hanno fatto, c'ho qualcosa de rotto?»

«Il dottore ha detto che di serio non dovresti ave' niente, te devono fa' una lastra alla schiena, alla testa te l'hanno già fatta, lui però te vorrebbe tene' ricoverato, ma non per le botte.»

«Per il solito insomma.»

Mio padre annuisce al pieno di una disperazione incontenibile, sembra quasi che piangere gli provochi i sensi di colpa, o forse è solo la vergogna.

«Sì, sempre lo stesso, alcol e disordini psicologici.»

«Digli che stavolta manco se me legano, me faccio fa' le lastre e vengo a casa.»

Mio padre si alza, mi viene a un centimetro dal viso.

«Danie', io non so se tu una casa ce l'hai ancora, se voglio continua' questa vita, è meglio se te ne vai, almeno non te vedemo mori' un po' per volta.»

«Giusto.»

Alle tre di sabato pomeriggio lascio l'ospedale.

La lastra alla schiena non ha evidenziato nessuna lesione, mi fa giusto male un fianco, ma quello è normale.

Anche la lastra alla testa era negativa, almeno l'involucro.

Il medico voleva ricoverarmi, me lo ha ripetuto diverse volte, ha anche agitato la minaccia del ricovero coatto. Quando gli ho spiegato quello che m'era successo, di Toctoc, alla fine m'ha lasciato andare.

A casa trovo mio fratello e mia sorella, non appena entro i discorsi cessano.

«Ciao.»

Loro non ricambiano il saluto, di certo non li biasimo.

Vado direttamente in camera mia, mi spoglio al rallentatore per il fianco dolorante, l'occhio invece non mi fa alcun male, è gonfio, forse diventerà nero, ma per il resto niente di che.

Il Toradol è ancora in giro per il corpo, non appena mi poggio sul letto sento che il sonno arriverà facilmente.

Sprofondo nell'immagine di Toctoc, il suo viso riempie la cavità nera della mente, "perdono" gli chiedo con la voce del pensiero, "perdono", per non esserci stato, per non aver mai sentito la melodia della tua voce, che mai più potrò ascoltare.

Per il pranzo della domenica, lo riconosco immediatamente, mia madre ha fatto il muscolo di manzo al sugo. A impegnare il naso è però un altro odore, sovrastato dalla carne, ma presente, delicato. Solo alla vista l'enigma si risolve: fagioli corallini, sempre al sugo. La tavola è apparecchiata per nove, a pranzo ci saranno anche mio fratello e mia sorella. Non ho fame, e non credo che la mia presenza sia consigliabile. Di solito occorrono almeno un paio di settimane per ammorbidire i miei, anche se i tempi variano da familiare a familiare. Mia sorella è la più malleabile, quella che impiega meno tempo a passare dal pianto al sorriso. Mio fratello, invece, è il più lento, forse perché la sua testa, nata matura, è quanto di più distante dalla mia. Mio padre e mia madre stanno nel mezzo, anche se loro ormai non fanno più classifica.

«Vattene a fa' una doccia, vengono i tuoi fratelli a pranzo, ce devi sta' pure te.»

Quel «ce devi sta'» è più d'una traccia, ovvio che l'oggetto del pranzo sarò io, m'aspetterà la solita lista di falsi motivi che mi sono costruito per farmi del male, poi toccherà ai "ma che te manca?", "ma perché non te vuoi bene?" e via dicendo.

Sotto la doccia guardo il livido che ho sul fianco, la forma vagamente circolare dovrebbe essere quella della punta della scarpa che mi ha colpito, o forse è solamente la mia immaginazione. L'occhio è gonfio, tra palpebra e sopracciglio si sta scurendo, mi fa male giusto se ruoto velocemente la pupilla, ma tutto sommato è sopportabile.

Quando scendo in cucina i miei fratelli sono già arrivati, non ci salutiamo nemmeno. Mi butto sui miei nipoti, mi accolgono festanti come sempre, ci stendiamo sul divano in preda a una lotta di baci e abbracci. Da poco il più grande ha iniziato a dire qualche parola, mentre gioca storpia il mio nome.

Toctoc chissà ora dove sarà, forse in viaggio verso il suo

paese, oppure diretto a qualche cimitero qua attorno, magari lui e la sua famiglia vivevano in Italia. Chissà.

Al tavolo prendiamo le posizioni di sempre, ma questo pranzo ha qualcosa d'anomalo, lo capisco dal fatto che nessuno ha toccato nulla dal piatto. Di solito, chi più chi meno, non appena ci sediamo iniziamo a sbocconcellare dalle varie portate. Oggi, invece, sono tutti immobili, sembra quasi che mangiare non sia il motivo per cui ci siamo riuniti.

«Danie', noi te dobbiamo di' una cosa.»

È mio fratello il prescelto a comunicare con me.

«Sotto Viterbo c'è una comunità de recupero per chi ha problemi d'abuso d'alcol, non è gratis, ma se facciamo un po' per uno c'arriviamo.»

Già un altro paio di volte hanno ipotizzato una cosa simile, di case di cura, ospedali specializzati, ma la loro in passato era più che altro un'ipotesi suggerita dai medici, senza nulla di preciso.

«Voi siete matti.»

«E perché saremmo matti?»

Mio fratello mi ha risposto di scatto, e ora io non so fare altrettanto con lui. Perché dovrebbero essere matti? Quello che mi stanno proponendo non ha nulla d'insensato, ma è l'ultima cosa che vorrei fare. Allontanarmi da casa in questo momento vorrebbe dire uccidermi, loro non lo sanno, ma questa casa, il mio paese, loro stessi, sono le uniche cose che mi tengono in vita, mi proteggono. Questi, però, sono discorsi sentimentali, e dopo anni di disastri non è più il tempo di parole, troppe gliene ho dette, di ogni natura esistente.

«E col lavoro come faccio?»

È l'unica cosa che mi è venuta in mente, anche se dopo Toctoc ho pensato che non c'avrei più messo piede. Mio fratello balla sulla sedia, fa una fatica enorme a rimanere calmo, lo conosco.

«E da quando in qua c'hai gli scrupoli pe' qualcosa, mo t'interessa tanto il lavoro, e noi ce dovremmo crede, vero?»

«Io il lavoro non lo posso lascia', certe pulizie le sappiamo fa' solo noi quattro della squadra, li lascerei in mezzo alla merda.»

«De tutta la merda che ce stai a fa' magna' a noi da quattr'anni invece non te frega un cazzo, eh?»

Mio fratello è sul punto d'esplodere, nessuna risposta possibile lo disinnescherebbe, né a me viene in mente nulla di convincente.

«Me ne vado su, me fa troppo male il fianco.»

Lentamente mi avvio per la scala che porta alle camere da letto, tutta la mia famiglia resta con gli occhi al piatto. Soltanto i miei nipoti mi salutano, ma solo perché non hanno ancora la facoltà di giudizio, altrimenti anche loro farebbero a meno di guardarmi.

«Voi lo dovete obbliga'! Se non prendete atto de 'sta cosa quello v'ammazza, lo volete capi'!»

La voce di mio fratello mi accompagna sino alla camera, la sento ancora quando chiudo la porta.

È l'una appena passata e di rimettermi a dormire non se ne parla. Se potessi seguire l'istinto uscirei a bere, ma dovrei passare sui corpi di tutta la mia famiglia. Un passo alla volta sento qualcuno avvicinarsi alla porta. È mio fratello, la sua faccia non promette niente di buono, istintivamente mi tiro su dal letto, lui non smette di fissarmi.

«Ero venuto su con l'intenzione de prendete a schiaffi, ma bene, come non ho mai fatto, 'na volta pe' tutte. So' anni che ce distruggi, che ce mandi al letto col terrore del telefono, quella de sotto è tu' madre come la mia, così come papà.» Mio fratello fa un passo verso di me, e io uno all'indietro. «Veramente, so' venuto su solo pe' questo, me volevo proprio chiude dentro, a chiave, così non ce disturbava nessuno. Poi però.» Con una mano agguanta la sedia della scrivania, la tira a sé, si siede. «Poi me so' fissato a vole' ricorda' l'ultima volta che t'ho menato, inizialmente non riuscivo a ricordamme. Lungo er corridoio de casa vecchia, pe' 'na partita a palletta, te ricordi?»

Non ho bisogno di sforzarmi.

«Me ricordo sì. Se non ce separava mamma c'ammazzavamo.»

Restiamo entrambi a fissare il ricordo, lui inizia a piangere, facendo di tutto per non farsi vedere. Mio fratello quando piange somiglia a mio padre in un modo da far paura. Si alza. Senza più guardarmi, se ne va.

Una miriade di elementi mi conduce a una certezza assoluta, indiscutibile. Questo esatto momento, proprio questo, è il più infelice della mia vita. La quantità di sventure cercate e volute si somma a tutto quello cui ho assistito passivamente. Toctoc. Stefano. Tutto l'esercito di bambini sbranati dalle malattie più varie. Sono al punto più basso. Al centro della Terra. Giungo a questa certezza proprio nel giorno della settimana che detesto di più, la domenica. Per giunta di pomeriggio. La perfezione mai raggiunta.

21

È un lunedì assolato e caldissimo, Roma brucia a trentatré gradi all'ombra, e dire che ieri è stato l'ultimo giorno d'estate.

Alle sei di mattina l'aria è già afosa, anche se il sole non è ancora apparso.

Quando mi vedono, i miei compagni di squadra abbassano lo sguardo, giusto Massimo continua a fissarmi negli occhi, poi anche lui si adegua.

«Buongiorno.»

Il mio saluto non trova risposta.

Giovanni si alza per andare nello spogliatoio, mi sfila a fianco senza dire nulla, Massimo e Luciano lo seguono, lo stesso faccio io.

Ecco la casetta dei bambini morti, quella di Toctoc e di tutti i suoi fratelli e sorelle finiti dentro quest'ospedale. Un senso improvviso di nausea, il tempo di rendermene conto ed è già passato.

«Che devo fa'? Me metto in ginocchio? Ve chiedo perdono uno per uno?»

Non riesco più a sopportare il silenzio dei miei compagni, nello spogliatoio non vola una mosca, mai il clima è stato così pesante, e come al solito sono io la causa di tutto.

«No, veramente, ditemelo voi, che devo fa'? C'ho avuto

un problema e so' dovuto scappa', mo mica me vorrete tratta' così pe' sempre.»

Giovanni, in mutande, mi viene vicino.

«Noi non volemo niente, Danie', però non pòi pretende che te comporti come te sei comportato e noi stamo boni boni senza nemmeno incazzasse, sei arivato da un momento a un artro co' du' occhi gonfi de pianto, disperato, poi scappi senza nemmeno di' quello che hai fatto, eccheccazzo.»

Non so come comportarmi, se dire a lui e agli altri la verità.

«Giova', io venerdì ho ricevuto 'na telefonata da 'na ragazza, ecco, mo te l'ho detto, m'è crollato er mondo addosso.»

Giovanni per un poco continua a guardarmi, poi annuisce, se ne torna al suo armadietto a finire di vestirsi, Luciano e Massimo sono già pronti.

«Pe' famme perdona' oggi i caffè so' offerti tutti da me, contenti?»

«Solo oggi? Vorai di' tutta 'a settimana.»

Prima di andare in ufficio facciamo sosta al bar. Si festeggia il compleanno di un medico, un signore di una cinquantina d'anni, alla cassa paga la colazione ai suoi colleghi, quando si volta è il mio turno.

«Pure tu fai il compleanno?» mi chiede sorridente.

«No, devo pagare il giro per farmi perdonare.»

«E che hai fatto?»

«Sapesse.»

Mentre andiamo verso l'ufficio vedo Massimo rallentare volutamente, mi si mette al fianco.

«Io comunque alla cazzata della telefonata de 'na ragazza nun ce credo, a te è successo quarcosa qui dentro.»

Intanto siamo giunti proprio sotto alle finestre dove nel corso di questi mesi ho giocato con Toctoc.

«Le vedi quelle finestre?»

«Certo che le vedo.»

«Io dal primo giorno che ho messo piede qui dentro ho giocato co' un bambino che s'affacciava proprio da lì, 'na volta da una, poi da un'altra, questa cosa è durata mesi, solo una volta so' salito su per provare a conoscerlo veramente, venerdì me lo so' ritrovato dentro la camera mortuaria, hai capito adesso?»

Massimo resta in silenzio, il volto addolorato, intanto riprendiamo a camminare.

«A Ma', lo sai solo te, me raccomando.»

«E che uno se deve vergogna' se soffre? Pure che 'o sanno tutti che te frega?»

«Sì ma non me va.»

Massimo si ferma, mi guarda dritto negli occhi, poi mi afferra per le spalle.

«Danie', tu te fai troppi problemi, troppi, i problemi se li dovrebbero fa' tutti quelli che non soffreno pe' nessuno, no te.»

Fuori dall'ufficio ci aspettano Giovanni e Luciano, con loro c'è anche Fabio.

«Oggi semo de vetri, dovemo fasse tutto er Salviati.»

«Bello, armèno s'abbronzamo.»

Pulire i vetri sotto il sole rovente è davvero difficile, ci vuole grande maestria per non lasciare aloni. Ormai con la stecca me la cavo benissimo, sotto le mie mani non c'è vetro che non nasca a nuova vita, mi basta un solo gesto circolare e il gioco è fatto. Abbiamo deciso di iniziare dall'ultimo piano, il quinto, sempre divisi in coppie.

Il problema non è tanto pulire il vetro, quanto restare in bilico su un cornicione senza nessun tipo di imbragatura di protezione, e io ho problemi d'equilibrio, di ogni genere di equilibrio. Le finestre del Salviati, per giunta, sono molto grandi. Si procede in questo modo, prima il lato interno, una passeggiata di salute, poi l'esterno, quello pericoloso. Per pulirlo occorre montare su una scala che affaccia sulla finestra spalancata, si potrebbero chiudere le grandi persiane di legno, ma così facendo sarebbe impossibile vedere con cura il lavoro che si sta facendo. A tutto questo devo aggiungere l'handicap delle scarpe, le mie non sono antisci-volo come quelle degli altri, l'attenzione deve essere massi-ma, soprattutto con il passare delle ore, quando l'acqua in-saponata della stecca finisce sui gradini in ferro della scala. I piedi spesso mi scivolano, per fortuna riesco sempre a ri-prendermi. Massimo, che non soffre di vertigini, fischietta mentre lavora, più d'una volta ha tentato d'iniziare questo o quel discorso, ma io non ce la faccio a parlare, meno che mai a guardare nella sua direzione, anzi, le vertigini più acu-te ce l'ho proprio quando guardo lui in azione. Per fortuna il quinto piano finisce presto.

Abbiamo appena iniziato il quarto quando a Giovanni suona il cellulare, è Fabio: un bambino ha dato di stoma-co in un ambulatorio dello Spellman e lui non ha nessuno da mandarci. Giovanni guarda Massimo, di solito è il meno anziano in squadra a dover sbrigare queste faccende, come successe a me il primo giorno di lavoro, ma alzo la mano neanche fossi a scuola.

«Lascia Giova', vado io.»

Meglio un pavimento coperto di vomito di un vetro a di-ciotto metri d'altezza.

Prima di andare allo Spellman devo passare in magaz-zino per recuperare un carrello con secchi e scopettoni, ta-glio dentro il Sant'Onofrio, è la via più breve, e con il cal-do di questi giorni meglio passare al coperto che per i viali incandescenti.

All'altezza della vetrata liberty stazionano due ragazzi, la madre tiene in braccio un bambino mentre il padre gioca con lui, gli fa vedere la fontana del giardino interno, intan-to con smorfie e linguacce fa ridere il figlio. Quando sono a non più di un metro da loro i due genitori si voltano, e con loro il bambino. Il passo perde la cadenza, così come il re-spiro. Il piccolo avrà tre anni, a parte gli occhi il suo viso non esiste. Al posto del naso, la bocca, ci sono buchi di car-ne rossa. Schiaccio gli occhi sul marmo del pavimento, gli sfilo a fianco senza più guardarli. Nel magazzino, mentre preparo il carrello, arrivo alla certezza di essere arrivato a saturazione. Basta. Con quest'ospedale, con tutti i bambini malati, sciancati, informi, morti. Basta. Mi fumo una sigaretta, poi un'altra, perdo tempo sperando che quei due ragazzi e il figlio sfigurato se ne siano andati.

Le risate del bambino arrivano prima di tutto. Sono ancora lì. Ora però non sono da soli. Davanti a loro c'è una suora, è anziana, piegata in avanti, il suo viso sfiora quello tremendo del bambino.

«Te sei il bello di mamma e papà, vero?»

Prende una manina e la bacia, lui forse per il solletico scoppia a ridere, la suora non avrà meno di ottant'anni, ha il viso paffuto, bianco come il latte.

«Allora non sei solo bello, sei pure simpatico, ti piace così?»

E ripassa la manina sulla sua bocca, il mento, per il piacere di lui. Poi la suora si drizza, guarda il padre e la madre.

«Ma non sentite che risata che c'ha? Questo dentro non ha l'argento, ha l'oro, l'oro vivo.»

Lo bacia, incurante del suo viso, di tutto.

Continuo a spingere il carrello con secchi e scopettoni.

Sono stordito, non riesco a capire, decifrare.

Ho visto qualcosa di umano e al tempo stesso straniero, come un rito proveniente da una terra lontanissima, non riesco dentro di me a rintracciare strumenti per tradurlo nella mia lingua.

La mattina si esaurisce dietro questa ubriacatura sobria, ho provato ogni approccio possibile, ho tentato di liquidare quel che ho visto come il delirio di una vecchia vestita di grigio, poi come il fanatismo di una suora sorda e cieca al dolore che voleva in ogni modo attestare la supremazia del suo Dio, anche di fronte a quella deturpazione, poi come lo spettacolo di una bravissima attrice che un secondo dopo, magari, nel chiuso di un cesso si sarà lavata la bocca per il bacio dato su quel viso informe. Ma nessuna lettura riesce a colmare la distanza tra quel che ho visto e la mia logica.

Massimo ha provato, di tanto in tanto, a destarmi dal mio torpore, in un paio di circostanze per una manciata di minuti c'è anche riuscito, ma poi sono ricaduto, sprofondato in quella scena, nei due visi vicini, le parole di lei, le risate di lui.

Il colle del Gianicolo, normalmente invaso di turisti di ogni provenienza, oggi non ha un angolo d'ombra disponibile, sono tanti anche i romani, soprattutto anziani, venuti qui su a cercare un minimo di fresco sotto i pini marittimi, le grandi palme lussureggianti.

È l'una, con i calzoncini corti e i sandali me ne vado verso la macchina. Cambio idea. Mi dirigo verso il Lungotevere, una vena corrosa dalle macchine in fila, una volta arrivato invece di prendere il ponte che mi condurrebbe verso il centro scendo per le scale che portano sul lungofiume.

A parte qualcuno che corre, un paio di ciclisti, ci siamo solo io e il Tevere. Cammino con gli occhi sulla riva, il verde torbido dell'acqua, gli oggetti trascinati lentamente dalla corrente, perlopiù rifiuti arrivati chissà da dove. Da qui i rumori della città arrivano attutiti, inermi. Gli occhi, lentamente, familiarizzano con l'ambiente, uno a uno, sino a un secondo prima invisibili, ecco materializzarsi gli animali del fiume, le anatre in gruppo, i gabbiani immobili galleggianti, poi le nutrie, enormi, immerse nell'acqua, argentee guizzanti.

Il caldo è davvero soffocante, come l'odore del fiume, ho impiegato mesi per riconoscerlo, si avverte soprattutto la notte, o la mattina all'alba, prima che i gas delle automobili abbiano il sopravvento.

Non so perché sono qui, cosa stia cercando, ho soltanto una certezza: quel che ho visto mi parla come fosse una cosa nuova. Non pensavo esistessero ancora primizie da vivere.

22

È un fuoco lento, cova in silenzio da quando è entrato nei miei occhi.

Le due notti sono trascorse dietro sgrossi di normale amministrazione. Giovanni qualche volta mi ha richiamato, non tanto perché non facessi il mio lavoro ma per la poca soddisfazione che ho dato alle sue battute. Anche Massimo ha tentato diverse volte di farmi riprendere da questo stato, alla fine pure lui ha dovuto arrendersi.

«A Giova', lasciamo perde, questo è poeta, c'avrà i cazzi sua.»

I miei tre compagni di squadra si stanno comportando bene malgrado tutte le mie stranezze, mi lasciano in pace perché hanno capito che ho bisogno di starmene per conto mio. Forse per la prima volta da quando sono nato convivo con il silenzio senza dolermene come fosse una colpa.

Anche in casa regna una specie di tregua rarefatta.

I miei non hanno più provato a parlarmi della comunità, né di nient'altro, a dirla tutta. Quando c'incrociamo per casa ci limitiamo a guardarci, poco altro.

Stanotte c'è stato un nubifragio, la costa laziale è stata frustata dal vento e dall'acqua, anche a Roma è piovuto, così come ai Castelli. Con la pioggia è scomparsa l'estate, ormai se ne riparlerà l'anno prossimo. Ora c'è di nuovo il sole, senza eccessi, a ricordo del maltempo è rimasto un vento leggero, fresco.

Ho tentato per almeno due ore, poi ho rinunciato. Stamattina mi sono messo a letto, di solito dopo la seconda notte riesco a dormire abbastanza facilmente, ma oggi no. Alla fine, attorno alle otto, mi sono alzato. Non sopporto una notte senza sonno, non la regge la mia psiche, ho bisogno d'interrompere il flusso della vita, staccarmi da me stesso. Quando salto completamente il sonno cado vittima dei nervi, più del solito.

Mentre vado verso Roma spero in un pomeriggio senza grane particolari o lavori troppo pesanti. Il mio fisico non ce la farebbe. A partire dalla testa.

Anche quando non ci penso sono lì, nel corridoio del padiglione Sant'Onofrio, di fronte alla stessa scena mandata e rimandata dalla mente all'infinito. Inutilmente provo a distaccarmene: in fondo, qualunque sia il suo senso, perché non lasciarla tra i fatti accaduti, come uno dei tanti ricordi che costellano il passato di chiunque? Ma non ci riesco. Semplicemente perché non ho questa scelta a disposizione.

Da lunedì ho preso l'abitudine di scendere dal Gianicolo sino al Lungotevere, e giù ancora fino alle rive del fiume. Me ne sto buono a osservare la corrente, per me, abituato alla fissità del lago di Albano, è qualcosa di straordinario. Mi sono trovato un posticino mio, un gradino in marmo meno sporco e maleodorante degli altri, proprio a ridosso dell'acqua. Mi siedo e resto con i piedi sospesi, a guardare tutto e niente.

Sono appena le undici e venti, all'una, l'inizio del mio turno, manca ancora un'eternità. Il fiume non sembra essersi accorto della pioggia notturna, non mi pare ingrossato, né più furioso, scorre con la stessa indolenza di sempre.

E ancora la necessità di capire, comprendere, vorrei saper spiegare il come e il perché di quel che ho visto, poterlo possedere tra le cose conosciute, solamente così potrò superare questa paralisi.

Sull'acqua in movimento, torbida al colmo, scura come il cielo senza sole che in questo istante sovrasta tutto, mi vedo riflesso, portato via dall'acqua eppure sempre presente a me stesso. L'acqua scorre, trascina, ma io sono sempre qui.

Come tutte le cose amate, trasformate dal tempo che ci porta ma intatte dentro, immutabili sotto la crosta della corrente.

Come quel viso di bambino, bello oltre la scorza che gli scorre sopra.

Non serve capire, comprendere.

Serve accogliere l'umano con tutta la forza che ci è concessa.

Arrivare alla bellezza che non conosce disfacimento, nucleo primo e inviolabile.

Fronteggiare l'orrore per sfondarlo.

Ecco il primato d'amore che ho visto negli occhi di quella suora. Una vetta, un'altezza destinata a pochi. Solo a chi non arretra mai di fronte alla realtà, senza mai chiudere gli occhi, con un coraggio sterminato nel sangue, più forte di qualsiasi paura, egoismo.

Non ci si arriva senza coraggio.

Improvvisamente, mi fioccano davanti agli occhi gli ultimi anni della mia vita. Quante parole, nomi di droghe e malattie, soltanto per dire che mi manca il coraggio per vivere e veder vivere le persone che amo, accettando la scure del destino, perché solo così può essere, consumandomi nella vicinanza, nell'accettazione di ogni orrore possibile vivendolo per quel che è veramente: un diaframma. Un velo nero da strappare. Dietro quel velo resistiamo bambini, tutti. Sempre.

Perderò la luce di questo momento, non so se un poco alla volta o tutta in un solo istante.

Ma ne porterò per sempre testimonianza, perché uno solo di questi momenti basta a illuminare una vita intera.

Arrivo al Bambino Gesù con un po' di fiatone, farla in discesa è semplice, ma tornare in salita dal Lungotevere molto meno.

Alla sbarra dell'ingresso, dopo aver pesato ogni parola, anche le pause tra l'una e l'altra, prendo il telefonino.

«Mamma, io da oggi smetto, basta.»

Mia madre resta muta, di lei mi arriva solo il respiro, poi la sento fermarsi da quel che stava facendo.

«E mo che è che ti dà tutta 'sta convinzione?»

«Non si tratta de convinzione, o d'aver capito qualcosa, ma non mi posso più permette di fuggire, o d'ave' la vista annebbiata, voglio guarda' in faccia le cose.»

Torna il silenzio, lei riprende quel che stava facendo, forse pulire per terra.

«Io t'ho fatto nasce, ma rinasce spetta solo a te.»

23

Alle tre di notte il mondo sembra morto.

Tutti a parte me.

È il mio primo fine settimana senza alcol, il primo sabato notte.

Ieri sera a mezzanotte abbiamo finito lo sgrosso al Centro prelievi, da quell'istante preciso è iniziata, nella sostanza, la mia vita senza alcol.

Sono andato di corsa a casa, poi a letto.

Per la stanchezza, i tanti giorni stravolti dalla visione della mia suora, mi sono addormentato quasi subito.

La giornata di sabato è stata un vuoto attaccato ad altro vuoto.

La mancanza del vino non si è esibita in maniera violenta, ma con sospiri, mezze parole dette all'orecchio. Ho provato nostalgia, ma più forte di ogni altra sensazione è stato il possesso della mia libertà. Una mostruosità da riempire senza sapere con cosa. Con chi. Alla fine tutto si è trasformato in una perdita di tempo lentissima, una solitudine sbandata, appena illuminata da un film alla televisione, una sigaretta fumata dietro l'altra.

Ho provato a uscire, ma non ne ho capito il senso, la necessità. Andare per negozi non m'interessa, tantomeno attività più complesse come potrebbe essere la visita a un museo o una mostra. A un convalescente meglio non dare emozioni troppo forti.

I miei mi osservano a distanza, mi chiedono ogni tanto come vada, si vede la paura che provano, temono che ogni gesto spezzi l'incantesimo, questa volta ci credono veramente, la paura più grande è il rovescio della speranza che stanno accarezzando.

Anche mio fratello e mia sorella si sono affacciati, anche loro hanno parlato con gli occhi.

Eccomi. Le tre e un quarto. Sabato notte.

In televisione televendite, linee erotiche a pagamento, telefilm inguardabili. Anche tutta la musica degli ultimi anni mi è interdetta, come mettere la colonna sonora di un film d'azione senza azione alcuna, e poi troppi falsi ricordi, quelli veri sono stati digeriti dalla dimenticanza.

Di tanto in tanto nella mente arrivano visioni, scene di bevute meravigliose, è l'invito del male a tornare sui miei passi, a riprendere da dove avevo lasciato.

Non sono i suoi attacchi a impaurirmi, è qualcosa di più profondo e materiale a riempire il letto di preoccupazione.

È questo tempo di passaggio tra quello che sono stato negli ultimi anni e quello che sarò, è la costruzione del nuovo me, ecco cosa mi terrorizza veramente.

Un individuo con interessi, relazioni, una vita riempita di normalità.

Tutte cose che non so più nemmeno pronunciare.

Attorno non ho nulla, nessuno.

Ho scavato una trincea e l'ho riempita di vino bianco.

Ho la mia famiglia, Davide, qualche altro amico poeta. Nient'altro.

La cosa grave non sono le assenze, ma l'incapacità totale di riempirle.

Una volta non ero così, sapevo stare in mezzo alla gente, divertirmi.

Però ho l'ospedale, il mio lavoro.

In fondo lì dentro sono ritornato a saper vivere senza alcol.

Rido e faccio ridere. Parlo e ascolto.

In realtà ho tutto.

Tutto quello che ha preso la mia vita e l'ha rivoltata è dentro l'ospedale.

Un grammo alla volta, arto dopo arto, fino al cuore, il cervello.

Quando penso a tutti gli incontri, le esperienze, l'aberrazione e l'incanto dentro ogni singolo istante. E la moltitudine di parole che mi viaggia nella mente.

Io sono già rinato.

Il primo giorno che ho messo piede al Bambino Gesù.

24

Oggi è il compleanno di mia sorella. Il primo ottobre.

Con la sigaretta all'angolo della bocca sto finendo di de-cerare il linoleum del day hospital di Ematologia con la mo-nospazzola. Massimo ha iniziato a cerare le stanze dei me-dici, Giovanni e Luciano stanno finendo lo spolvero alto nelle stanze.

La notte è nel suo pieno. Sono le due e venti di mercoledì.

Non bevo da oltre dieci giorni, i momenti di sconforto ci sono, ma li sopporto come si potrebbe fare con una malat-tia che si sa di dover scontare.

Occorre attendere, sapendo bene che le ricadute sono in agguato, e di solito sono peggio della malattia stessa. La voglia di bere, quella vera, violenta come un manrovescio, s'è avventata in tutto una manciata di volte. L'ho scacciata a sigarette, sono a quota due pacchetti e mezzo d'Emmes-se dure, e rifugiandomi in mezzo alle persone. A casa, da mio padre e da mia madre. Al lavoro, dai miei tre compa-ri di squadra.

Ormai con la monospazzola sono un fuoriclasse, la ten-go con una mano, forse, anzi sicuramente, con una buona dose d'incoscienza. Penso ai cowboy nei rodei, quando al-zano la mano verso il pubblico mentre sono in sella al puro-sangue imbizzarrito che tenta in ogni modo di disarcionarli.

Un angolo della grande sala d'attesa è particolarmente sporco, il linoleum è macchiato con qualcosa di scuro che neanche il disco abrasivo della monospazzola riesce a togliere. Mentre spingo con tutta la forza delle braccia, gli occhi mi vanno alla parete che ho di fronte.

È completamente coperta di fotografie: tutti i bambini passati per questo day hospital. Le scorro velocemente con lo sguardo. Bambini di ogni età e gravità di malattie, di ogni colore, tanti quelli africani, così come gli slavi. Ci sono pure alcuni Toctoc, con gli stessi denti lucenti, i capelli neri neri.

L'idea nasce così, e per poco non mi fa saltare dalle mani la monospazzola.

Mentre finiamo lo sgrosso mi perdo dietro ai dettagli, ogni singolo particolare, tutto mi sembra non solo bello, ma necessario.

Di tanto in tanto Massimo ha tentato di parlarmi, ma vedevo la sua bocca in movimento senza riuscire a sintonizzarmi sulla sua voce.

«A raga', questo è ripartito» ha sentenziato alla fine.

I miei compagni di squadra hanno assistito al mio nuovo eclissamento scherzandoci sopra, e anche io, nei pochi momenti in cui sono stato presente, ho fatto lo stesso.

Alle cinque e cinque timbriamo il cartellino, per quattro operai che staccano almeno venti sono pronti a iniziare il turno. Tra loro c'è anche Adriana. Ho tentato in ogni modo di parlarle, l'ho cercata, ma lei non ha più voluto ascoltarmi. Incrociare i suoi occhi mi ferisce, ma non ho nulla di cui possa rimproverarmi. Guarda caso, ora Adriana è entrata a far parte della corte di Marianna la sindacalista. Non ne avrò mai la certezza, ma nessuno mi toglie dalla mente che il collante che le ha unite abbia a che fare con me.

Con Marianna è finito il tempo delle battutine, degli sguardi lanciati con finta casualità sulle scarpe mie e degli altri. Ora regna l'indifferenza assoluta, l'antipatia dichiarata senza paura. Sono sette mesi che lavoro in ospedale, ogni volta che la cooperativa ha mandato le scarpe antinfortunistiche del mio numero lei ci si è avventata sopra neanche fossero d'oro massiccio. Mi sono lamentato con Fabio e Antonio, ma né i capo operai né nessun altro della cooperativa ha interesse a mettersi contro una del sindacato per un paio di scarpe.

Con Giovanni, Massimo e Luciano ci diamo appuntamento all'una. Tra neanche otto ore attaccheremo per il turno pomeridiano del giovedì.

Sto camminando verso la macchina quando gli occhi mi ordinano di fermarmi e tornare indietro.

Sale l'alba, il sole si preannuncia proprio dietro il Monte Cavo, i Castelli Romani. Sembra la prima alba del mondo. Dopo tanta afa, la vista annebbiata dal caldo e dallo smog, tutto stamattina si mostra con l'intensità dei suoi veri colori. Appoggiato alla balaustra del belvedere, mi fermo a guardare. Ogni singola particella del cosmo sembra in armonia con quello che ha intorno, nulla stride, non c'è infelicità a perdita d'occhio. Dio si palesa così, parla dentro questi momenti, l'attimo in cui il respiro si ferma.

L'idea che ho avuto nel day hospital di Ematologia è sempre lì, poggiata sulla mia spalla, è rimasta attaccata a me per tutto il viaggio verso casa e poi sotto la doccia, mi parla, chiede attenzione di continuo. Un senso di impotenza mi opprime, perché non so davvero come trasformarla, da semplice idea, in realtà. Come fare? A chi chiedere aiuto?

Mi metto a letto, con tutta la forza di volontà che mi è concessa cerco di dormire, ma la sento, di fianco a me. A un'idea non serve il sonno, lei non conosce la stanchezza.

Alle dodici e trenta, con un paio d'ore scarse di riposo, arrivo in ospedale. Cammino a testa bassa verso gli spogliatoi, le mani in tasca, sfilo di fianco al Sant'Onofrio, proprio di fronte al padiglione un pensiero aziona il mio corpo, prende il comando togliendolo alla mente, è una forza che nasce da dentro, più profonda della coscienza, di ogni altra parte di me. So dove mi sta portando, e con quale determinazione.

La segreteria e l'ufficio del presidente dell'ospedale li ho visti un paio di volte, quando mi è capitato di sostituire la collega addetta a questi ambienti. Nulla di vistoso, l'unico elemento davvero memorabile è una Natività alle spalle della grande scrivania. C'è anche una bella libreria, ma rispetto al dipinto è poca cosa.

La segretaria è una ragazza giovane; ora che sono di fronte a lei, al suo sguardo interrogativo, della forza che mi ha condotto sin qui non c'è più traccia; ora non vorrei fare altro che scappare, ma ormai è tardi. Devo fare, dire qualcosa.

«Se fosse possibile, vorrei parlare con il presidente.» Non so quanta credibilità ispiri il mio viso, tento, per quanto possibile, di dominare l'ansia. La segretaria non stacca gli occhi dai miei, non si muove, non parla. Due statue una di fronte all'altra.

«Le posso chiedere il motivo?»

Dinanzi non ho una segretaria, ma una guardiana, solo se convincerò lei avrò la possibilità di arrivare al presidente. Cerco di dare un ordine ai miei pensieri.

«Ho un'idea che vorrei riferirgli, lavoro nella cooperativa che fa le pulizie qui dentro, ma sono anche un autore.»

«Dica pure a me, appena ha un momento gli parlo io.»

Ora sono io a non staccare gli occhi dai suoi.

«Preferirei parlare direttamente con lui, è una cosa delicata.»

Silenzio.

Non so cosa pensare, nella mia mente prende vita questa scena: la segretaria inizia a ridere, sempre più forte, ogni tentativo di frenarsi non fa che aumentare il volume delle risate, mi guarda, un misto di pena e ribrezzo negli occhi: «Secondo lei il presidente si mette a ricevere tutte le mezze seghe psicopatiche che si presentano qui?». Giù altre risate infernali.

Invece apre l'enorme agenda sulla scrivania, inizia a sfogliarla, una calligrafia minuta riporta decine e decine di appuntamenti segnati a matita, ogni pagina equivale a un giorno d'attesa, snervante, infinito. La segretaria sbuffa con gli occhi all'agenda, improvvisamente la chiude, senza guardarmi prende la cornetta del telefono.

«C'è un ragazzo che lavora qui che vorrebbe parlarle.»

La segretaria chiude la telefonata, torna a guardarmi, inaspettatamente mi sorride.

«Può entrare, il presidente ha pochissimi minuti liberi prima del prossimo appuntamento.»

Resto immobile, almeno in apparenza. Speravo con tutto il cuore di vederlo, ma non pensavo subito, devo scegliere con cura le parole, magari fare qualche prova con mia madre. Invece eccomi, con i jeans più consumati che ho, la stessa maglietta di ieri.

«Entro allora.»

La segretaria ride.

«Vai, vai.»

Il presidente è chino su alcuni fogli, li scruta da vicinissimo, non più di dieci centimetri di distanza. Davanti alla sua scrivania ci sono due sedie antiche, ma io resto in piedi. Lentamente alza la testa. Eccolo.

Quante volte l'ho incrociato, e quanta deferenza ho potuto vedere al suo passaggio. Visto da vicino ha gli occhi chiarissimi, non me n'ero mai accorto.

«Allora, cosa posso fare per lei?»

Non fa nulla per mettermi a mio agio, trasmette una rigidità interiore impressionante, una durezza che non vuole smussare con alcun tipo di convenevole.

«Lavoro nella cooperativa che fa le pulizie nell'ospedale, oltre a questo sono un poeta, ho pubblicato su molte riviste e antologie, l'anno prossimo dovrebbe uscire la mia prima raccolta. La mia idea è semplice. Vorrei proporle un'antologia di poeti provenienti dalle zone da cui arrivano i bambini che vengono curati qui dentro. Quindi tutta l'area del Mediterraneo, l'Africa, l'Europa sino alla Russia. Un omaggio all'ospedale in poesia.»

Non ho più una lacrima di saliva in bocca.

Il presidente mi guarda a lungo, mi studia centimetro a centimetro, e intanto riflette.

«Amo la poesia, la mia prima laurea è stata in Lettere, quella in Economia è arrivata solo più tardi. La sua è una bellissima idea, davvero, ma come potrà immaginare è estremamente dispendiosa: dovremmo invitare i poeti, ospitarli, dar loro il tempo di scrivere. C'è un particolare che mi rende scettico più di tutto, non so se lei ci ha pensato. Un poeta che arriva, che trascorre come nostro ospite qualche giorno dentro l'ospedale, non credo possa arrivare a testimoniarlo con forza, sincerità. Si limiterebbe a una poesia d'occasione, o poco più.»

Non ho risposte da dare al presidente, semplicemente perché condivido ogni sua parola.

«Ha ragione.» La delusione, l'imbarazzo, mi bruciano sul viso.

Gli occhi del presidente continuano a scrutarmi.

«Mi ha detto che è un poeta. Perché non prova lei a scrivere un libro di poesie sull'ospedale?»

Non so che faccia stia facendo. È quasi un anno che non scrivo, ma poggiare una penna su un foglio, o premere un tasto di computer, è solo l'ultimo atto della scrittura. Quella, a volerla definire con esattezza, semmai è una trascrizione, il gesto che trasforma il lavorio interiore in segno condivisibile. Da mesi la mia testa esplode di parole spinte dentro a forza dal Bambino Gesù, legate in ritmi, melodie, metri, quel che fa di una manciata di sillabe un verso. Non ho poesie pronte, ma infiniti frammenti, messi tutti assieme fanno qualcosa che sino a ora non avevo mai veramente messo a fuoco e che ora vedo.

Il dovere di scrivere.

Perché non ho altro modo per testimoniare.

«Posso provarci.»

La risposta mi è uscita che più incerta non si poteva.

Il presidente resta impassibile.

«Va bene. Stiamo ragionando sul dono da mandare ai nostri benefattori istituzionali per il prossimo Natale, magari potrebbe essere proprio il suo libro. I testi dovrebbero essere pronti per la fine del mese in modo da poter andare in stampa al massimo per metà novembre.»

«Capisco.»

25

Mi sembra di stare nel cestello di una lavatrice, centrifugato da tutti gli eventi di queste ultime settimane.

Sono appena stato accolto dal presidente dell'ospedale per illustrare una mia idea, lui l'ha gentilmente respinta, subito dopo mi ha proposto di scrivere un libro di poesie sull'ospedale. A me. Proprio a me.

Se qualcuno, anche solo un paio d'ore fa, fosse venuto a raccontarmelo gli avrei risposto che smettere con l'alcol è possibile.

«Niente, questo pure oggi è scollegato.»

Giovanni mi battezza appena mi vede, insieme a Massimo e Luciano è seduto fuori dall'ufficio. In effetti non riesco a staccarmi da quello che ho appena vissuto. Con il passare dei minuti l'adrenalina è scesa, ora, a rapirmi completamente, è l'impegno che ho preso con il presidente. Mi rimbomba nella mente il «capisco» che gli ho sussurrato alla fine del nostro incontro. Gli avrei dovuto dire ben altro, come: "Gentilissimo presidente, la ringrazio per la possibilità che mi sta dando, devo però dirle, per onestà intellettuale, che mi sembra una possibilità assai remota riuscire a consegnarle una raccolta di poesie per la fine del mese, visto che allo stato attuale, oggi è il primo ottobre, non ho nemmeno un testo che sia uno".

«Sono appena stato dal presidente» dico sottovoce ai miei compagni di squadra.

«L'hai salutato pure da parte mia?» Giovanni, oggi, mi sembra particolarmente in forma.

«Pe' me invece je potresti chiede 'n favore? Se me pò da' 'n appartamentino de quelli che c'hanno pe' i professori, così 'n devo fa' avanti e indietro tutti i giorni.» Anche Massimo non si lascia scappare l'occasione.

«Guardate che è vero.»

Tutti e tre mi scrutano lungamente.

«Ammazza, stai a diventa' bravo a fa' 'i scherzi.»

«Ancora, se ve dico che è vero è vero, giuro.»

«Sentimo, e perché ce saresti stato?»

«Gli ho proposto di fare un'antologia di poeti con poesie dedicate all'ospedale, lui l'ha rifiutata, ha chiesto a me di scrivere il libro.»

I miei compagni provano a riderci sopra, poi capiscono, una volta per tutte, che non sto scherzando.

Quello a cui assisto è qualcosa d'inaspettato, mi rendo conto che la mia è stata un'ingenuità enorme, a saperlo prima me ne sarei stato zitto. A parte Massimo, che sembra sinceramente felice per la notizia, Giovanni e Luciano hanno reagito con freddezza, quasi fastidio. «Hai capito, sei diventato amico der presidente, complimenti.»

La battuta di Giovanni è stata detta per ferire, ed è andata a segno. Non so perché l'abbiano presa così, ma se la loro reazione è stata questa figuriamoci quella di chi non mi sopporta. Istintivamente li fermo.

«Ora però ve devo chiede un favore, dovete giura' su Dio che di questa cosa non ne parlate a nessuno, forza, giurate.»

Uno a uno, anche se controvoglia, giurano.

Il turno si spende dietro i lavoretti tipici del giovedì pomeriggio. Qualche vetrata, l'ufficio del personale che chiede lo spostamento di uno schedario incollato al pavimento dalla cera, un altro ufficio, stavolta della direzione sanitaria, in cui si segnala cattivo odore, salvo poi verificare che la puzza proviene dalla mela marcia che l'impiegato ha lasciato nel cassetto.

La squadra questo pomeriggio si è divisa, stranamente. Le coppie sono quelle stabilite, io con Massimo, Giovanni con Luciano. Noi da una parte, loro da un'altra. Nessuno mi toglie dalla testa che sia stato Giovanni a spingere per questa scelta, da quando gli ho detto del presidente si è immusonito in maniera inspiegabile, non mi ha più guardato in faccia.

«Danie', daje quarche giorno, 'o sai com'è fatto» mi ha detto Massimo di fronte al mio sconforto.

Sono le quattro e mezzo, camminiamo per il viale centrale senza una meta precisa, come si potrebbe passeggiare sul corso di un paese, per prendere aria, guardare femmine. L'occhio, mentre vaga libero e bello, si ferma sulla vetrina della piccola giocattoleria interna dell'ospedale.

È un quadernino, a righe bianche e nere.

È contornato da oggetti coloratissimi, peluche, giochi di ogni foggia, bambole e bamboline. Eppure soltanto lui ho notato, come lui ha notato me.

«Aspetta un secondo.»

Pago duemila e seicento lire.

Torno da Massimo col quadernino in una busta di carta. Riprendiamo il passeggio da dove lo avevamo lasciato.

La squadra si ricompone nello spogliatoio, sono solo le sei. È dai tempi della scuola che assisto passivamente ai giochi del tempo. Tutti si augurano giornate non troppo impegnative, ed ecco che le ore si dilatano senza vergogna, infinite. Di contro ci sono i giorni, per fortuna, in cui decidono gli altri, quelli stancanti solo a pensarci, talmente pieni che finiscono come colpi di fucile. Inutile dire quali siano i migliori.

Mentre fumiamo, meno scherzosi del solito per quella che doveva essere, almeno nella mia testa, una bella notizia, tiro fuori il quadernino dalla busta di carta. Con la mano sfioro la copertina a righe nere e bianche, è leggermente rigida, la apro.

Di fronte, ora, ho la prima pagina.

È un richiamo preciso, inequivocabile. Mette paura e insieme esalta.

È il bianco della pagina.

Chiama, chiede, è un ultrasuono che mette in moto dal cervello alle viscere. «Per caso avete una penna?»

È proprio Giovanni a prendermela dal suo armadietto.

La penna non è ancora poggiata sul foglio.

Io so che una volta poggiata non potrò più tornare indietro. La scrittura mi ordina così, non ho un approccio diaristico, uno di quelli che appunta di continuo. Io mi tengo tutto dentro, sino al momento dell'emorragia, l'esplosione da cui ogni cosa fuoriesce, parola per parola.

Il primo segno è una retta, una linea nera. Poi seguono ghirigori, un profilo disegnato, poi un altro.

Scrivo la prima parola, quella che mi circumnaviga la mente ormai da mesi: «Orrore». Dalla bambina del primo giorno a ogni altra visione stravolgente, sino alla suora capace di sconfiggerlo.

Una coltre di dolori impronunciabili racchiusi in un unico suono. «Orrore.»

«Annamo Danie', so' le otto.»

Riemergo dal bianco del foglio, di scatto.

Un altro potere della scrittura è la totale distorsione del tempo e dello spazio, le ultime due ore sono durate pochi minuti.

Sulle prime tre, quattro pagine, cancellata e riscritta, ancora senza finale né un incipit certo, la mia prima poesia dedicata ai bambini del Bambino Gesù.

26

La scrittura esercita una forma di possesso spietata.

È incivile. Maleducata. Non conosce giorno, notte, non le importa se mi trovi in mezzo alla gente. Per lei non esiste altra ragione che la sua esistenza, su tutto e tutti. In più questa volta ho una scadenza che dire ravvicinata è poca cosa.

Scrivo di continuo. A casa, in macchina, al lavoro, e poi nel viaggio in senso contrario, dal lavoro a casa. Non c'è un momento che venga risparmiato. Anche quando la penna non è sul foglio, si continua. Anche durante il sonno, le parole vengono in sogno, distorte, ammassate.

I giorni hanno preso a correre, scanditi dalla scadenza dettata dal presidente.

Oggi è il diciotto ottobre. Lunedì. Mancano tredici giorni. In realtà la sorte me ne ha donato uno in più: il trentuno ottobre cade di domenica. Il lunedì successivo, il primo novembre, sarà quello della consegna.

Senza volerlo, mi è venuto naturale stabilire una nuova organizzazione del mio tempo. Inutile tornare a casa quando devo riattaccare dopo poche ore, meglio restare in ospedale, e scrivere. A essere sacrificato è soprattutto il tempo che dovrei dedicare al sonno, ma stare sopra al letto, schiacciato dai versi che non suonano, non è dormire comunque.

I miei compagni di squadra hanno mantenuto il segreto.

Nessuno a parte loro tre sa del libro che sta crescendo. Il nostro rapporto è cambiato, si è tornati al gioco, allo scherzo sempre e comunque, ma non hanno più la libertà che avevano prima. Forse, in cuor loro, mi vedono come una particella spuria, qualcosa di non ben definito che potrebbe rivoltarglisi contro.

È Giovanni, più di tutti, a essere cambiato. È rimasto al momento della notizia. Ho provato tante volte a parlargli, a chiedergli ragione del suo stato, lui si nasconde dietro il pizzetto squadrato, dice che è tutto a posto. Ma io e lui sappiamo che non è così. Anche Luciano si è ritirato dietro modi e gesti più educati, ma con lui il rapporto si era incrinato da tanto, da quel sabato sera finito tra un incidente mancato e i suoi occhiali spaccati dal mio corpo svenuto.

Massimo, invece, è rimasto più o meno il solito, ha imparato a conoscere i miei ritmi, ormai sa che è inutile parlarmi quando ho iniziato a scrivere. Più d'una volta mi ha chiesto come faccia a concentrarmi, tra pianti di bambini e voci e urla di ogni tipo. Io gli ho risposto sempre la stessa cosa: non è tanto difficile staccarsi dall'esterno, semmai è impossibile dare ordine a tutto quello che ruota nella testa.

E poi quell'ammasso di voci, lingue, urla bambine, pianti e rumori, ad ascoltare con attenzione, si rivela tutt'altro.

Riesco a sentirla soltanto la notte, quando i miei compagni se ne vanno nello spogliatoio a mangiare e io resto a scrivere, seduto accanto ai pavimenti freschi di cera. Tutti quei suoni fanno una voce sola, potente di tutte le vite che racchiude, accoglie. È la voce dell'ospedale. Ogni volta si rivela per pochi istanti, basta poco per impaurirla, farla tornare solo un ammasso di suoni indistinti e rumori.

A casa, mia madre e mio padre osservano tutto nella paura più assoluta. La felicità per un figlio restituito dall'alcol alla vita l'hanno potuta assaporare per poco. Vivono il mio nuovo stato facendo attenzione anche a respirare. Mia madre più d'una volta m'ha chiesto come faccia a resistere a ritmi simili, senza dormire, mangiando poco, anche a tavola con il mio quadernino a righe bianche e nere di fianco. Le sorrido sperando di tranquillizzarla, ma non credo di riuscirci. Lei, come mio padre, teme che crolli fisicamente, e che crollando mi riaggrappi alla bottiglia.

Questo pericolo non so se esista, di un altro, invece, sono piuttosto certo. Nel caso in cui non riuscissi a portare al presidente una buona raccolta di poesie non riprenderei a bere, non avrei la forza neanche per quello.

La parola sa farsi ossessione, diventare suono incomprensibile, senza senso. Allora bisogna fermarsi, guardare altrove, fare tutto il possibile per dimenticarla.

Ho scritto quindici poesie.

Alcune sono uscite immacolate, intatte dalla penna.

Quando accade ci si sente toccati dalla grazia, un allineamento dell'universo racchiuso nella sfera della Bic.

Per alcune nate già pronte, altre sfiniscono ore e ore di lavoro, giorni. Un paio le ho lasciate in sospeso, quando le rileggo mi assale un senso profondo di vertigine, non so dove andare, come procedere.

Scrivere poesie sui bambini del Bambino Gesù è una prova completamente diversa da quelle vissute in passato. Non ho mano libera, dalla prima parola appuntata ho visto crescermi attorno mille e mille comandamenti a cui poter rispondere solo con un'obbedienza cieca, totale. Tutto può riassumersi in un'unica parola. Rigore.

La poesia deve farsi serva di tutte le esperienze che ho visto, deve offrirsi nella sua povertà miracolosa. La forma non deve essere foggia, deve obbedire ai volti e alle storie che devono vivere attraverso di lei.

La parola è un mistero, ha a che fare con forze sconosciute, sa farsi carico della tensione umana, e sa restituirla, fissarla su un foglio all'infinito, disponibile nei secoli per coloro che vorranno leggerla. Chi scrive aspira a questa forza, a questa tensione. Niente bellezza posticcia. Nessuna decorazione occulterà gli sfregi, alla realtà, ai bambini.

Io non devo esistere in queste poesie, nulla deve esistere oltre le esperienze che sono chiamato a testimoniare. La sofferenza non nasce dalle parole che non vengono, ma da quella specie di selezione naturale che mi permetto di fare rispetto a quello che ho visto e vissuto. Non posso raccontare tutto, mi ci vorrebbero anni, forse più di una vita. Alcuni di quei mondi che mi si sono aperti dinanzi agli occhi devo sacrificarli. A tutti loro ho chiesto perdono, e continuerò a farlo finché vivo.

Poi c'è lui.

Toctoc. Alfredo.

Con lui sperimento qualcosa di completamento nuovo.

Ho tentato, tento tutti i giorni.

Ma non c'è modo, parole che escano.

Su Toctoc non riesco a scrivere, quando ci provo cala un'ombra, tutto si fa confuso, impronunciabile.

27

Il momento migliore per farsi la barba è alle quattro di mattina. Viene via liscia, indolore. Basta una sola passata per avere la pelle perfetta.

Non voglio finire di fronte al presidente in una condizione pietosa, come un mese fa. Questa volta il mio aspetto deve rappresentarmi. Quando gli metterò sulla scrivania il manoscritto voglio essere impeccabile, sicuro di me per quanto possibile.

Oggi è il primo novembre, lunedì.

È il giorno della consegna.

Alle cinque spaccate saluto mio padre e mia madre. Si sono svegliati con me, a parte i momenti d'intimità nel bagno non mi hanno mai lasciato.

Non ricordavo l'ampiezza delle braccia di mio padre, in pratica sparisco quando mi stringono in un abbraccio.

«Comunque vada, hai fatto tutto quello che potevi, devi esse orgoglioso, pensa soltanto a come stavi un mese fa.»

Sì. Devo essere orgoglioso. Non per come sto ora rispetto a un mese fa, ma per essere tornato a guadagnarmi un suo abbraccio.

Ma non riesco a dirmi "comunque vada". Ho fatto tutto quello che potevo, è vero, non tollero però l'idea del fallimento. Mi viene più semplice pensarmi sotterrato.

Non è per l'occasione persa, per il risultato artistico insufficiente, non è per qualcosa che ha a che fare con me e le mie capacità. Quello che mi schiaccerebbe è un peso invisibile, apparentemente inesistente, eppure vivo, enorme, tanto da invadere ogni angolo del mondo.

Non posso fallire per loro.

Per tutti quelli che ho voluto testimoniare con le mie poesie senza esserne stato capace.

Mi rincorrerebbero per tutta la vita, uno a uno, un esercito di bambini nudi, offesi dalla malattia, oppure con il vestito buono per la morte da festeggiare. E accanto a loro un altro esercito. I loro genitori. Stravolti, schiacciati da una stanchezza mai risarcita, infine morti anche loro.

Perché a un padre e una madre mozzati di un figlio altro non resta.

Non mi lascerebbero tregua. Né qui né in tutto quello che verrà dopo questa vita.

L'autunno ha fatto la sua comparsa giusto per una settimana, poi si è ritirato, lasciando di nuovo campo libero al bel tempo. Mentre guido verso Roma gli occhi mi vanno alla busta di carta gialla poggiata sul sedile accanto al mio. Lì dentro c'è la mia raccolta. Alle frenate un poco più brusche risponde d'istinto il mio braccio destro, la mano subito scatta per proteggere la busta gialla e quello che c'è dentro. Non vorrei cadesse in avanti, la carta potrebbe stropicciarsi, e non è un bel vedere.

Sono le sei meno dieci, con la mia busta sotto il braccio entro in ospedale. Da ieri sera, dal momento in cui ho dichiarato a me stesso che oltre non si poteva andare e che la raccolta era ultimata, è montata una stanchezza incredibile.

Come tutte le cose che non si possiedono, che si agitano nella fantasia sino a diventare ben più di quel che sono in realtà, il sonno mi appare di una bellezza da farmi piangere. Tanti vagheggiano settimane di vacanze ai tropici, o bianche gelate da dedicare a discese e risalite. Io vorrei una settimana di sonno. Sette giorni di ricomposizione fisica e mentale.

Fuori dall'ufficio una folla di colleghi aspetta le sei. Si parla di una lettera da inviare alla cooperativa, da sottoscrivere tutti, per ribadire la richiesta di un anno fa: fare le pulizie dentro un ospedale è pericoloso, per un'infinità di motivi, ed è giusto riconoscere a chi ci lavora un'indennità di rischio, come accade per moltissimi lavoratori in altri settori.

Non appena mi vedono, tutti i miei colleghi si zittiscono. Una cinquantina d'occhi guarda la busta di carta gialla che ho in mano.

È la mia immaginazione. Nessuno, a parte i miei compagni di squadra, sa del libro. Il fatto che abbiano smesso di parlare e il mio arrivo non sono collegati. Anche se il dubbio resta.

«Domani o dopodomani arrivano le scarpe, ho chiesto alla cooperativa un quaranta proprio per te.»

Marianna mi sorride, come mai ha fatto.

La mia non è una paranoia. Uno dei miei tre compagni di squadra ha parlato.

Prima Giovanni, poi Luciano, infine Massimo.

Li guardo a lungo, uno per uno.

Me ne vado verso gli spogliatoi.

La Fiat Bravo verdina è già parcheggiata al suo posto.

Il dispiacere per il tradimento ricevuto si spegne immediatamente.

Il presidente è arrivato.

Cambio strada, a passo svelto entro al Sant'Onofrio, a due a due salgo le scale che portano in presidenza.

Sono passate da pochi minuti le sei, ovviamente delle segretarie non c'è ancora traccia. Il presidente ha lasciato aperta la porta tra la segreteria e il suo ufficio. Entro.

Quando mi vede sembra un poco infastidito, meccanicamente allungo la busta di carta gialla verso di lui.

«Ecco.»

Lui tira fuori il manoscritto, ne saggia il peso.

«È un poco scarno, sbaglio?»

«Non è una raccolta molto corposa, sono in tutto ventotto poesie.»

Il presidente resta a fissarmi.

«Be', la poesia sa dire tantissimo in poco spazio, spero sia il suo caso.»

«Lo spero anche io.»

Esco dall'ufficio senza sapere bene cosa pensare. Mi è sembrato deluso, magari si aspettava un libro da ottanta poesie. O chissà cos'altro.

Ora mi serve la calma, la pazienza.

Darei la vita per sapere dove si comprano.

«Ammazza che stronzi.»

Nello spogliatoio ritrovo i miei colleghi, già in divisa. Tutti e tre mi guardano senza capire.

«Mo me dite chi ha parlato, Marianna m'ha detto delle scarpe perché ha saputo qualcosa, ovvio, no?»

Tutti e tre restano in silenzio, con la medesima espressione.

«Danieli', noi nun avemo detto niente.» È Massimo a parlare.

«Daje, su, e allora secondo voi quella m'ha detto delle scarpe perché è diventata bona tutta insieme.»

«Tu te scordi che Marianna qui dentro conosce pure i muri, magari 'na segretaria ha parlato co' quarcuno, j'a detto "ma o sai che c'è uno d'a cooperativa che sta a scrive 'n libro de poesie", quello poi l'ha ridetto e ner giro de quarche giorno è arivato all'orecchio de quella.»

Giovanni non ha torto, la sua ipotesi è più che possibile. E poi, in fondo, il riserbo su quel che stavo facendo è durato sino all'ultimo giorno utile. Non mi posso lamentare.

«Non c'avevo pensato» gli rispondo.

«Ecco bravo, allora pe' 'a cazzata che hai detto offri er caffè.»

Mi sembra il minimo.

Ritorniamo all'ufficio, ma già sappiamo cosa ci aspetta per il turno.

La suora ci accoglie sulla porta del reparto, non appena ci vede si fa di lato. «Venite, venite.» Tutta saltellante, ci fa entrare.

Il problema si ripropone ciclicamente, ma nessuno può farci nulla. Il retro del reparto di Neuropsichiatria, il Ford, è stato eletto a gabinetto di volatili di ogni sorta, dai piccioni ai gabbiani, passando per corvi e cornacchie. Il motivo è abbastanza evidente: la proprietà confinante con l'ospedale ha una serie di alberi le cui chiome si affacciano proprio sul retro del padiglione. Il risultato è un manto di escrementi di qualche centimetro, e dall'ultima pulizia saranno passati al massimo un paio di mesi.

Armati di tubo e scopettoni iniziamo a sciogliere quella coltre dai colori più diversi, dal verdiccio al marrone al grigio, accantoniamo tutto in un angolo, poi la raccoglieremo nelle buste nere di plastica. L'ultima volta ne abbiamo riempite cinque.

Con tutta la forza che ho cerco di non pensare al manoscritto e al presidente. Ma non ci riesco. Tutto mi preoccupa, dal giudizio ultimo al tempo che dovrà trascorrere prima di arrivarci. Cerco di distrarmi, ma ogni sforzo non dura più di qualche minuto.

Per fortuna c'è il lavoro, il tappeto di escrementi che dobbiamo togliere, magari tutti i lavori fossero così.

Alle dieci e venti il retro del Ford risplende, magnifico.

La suora sottolinea i suoi stati emotivi con alcuni saltelli da ferma, lo ha fatto al nostro ingresso, poi quando ci ha offerto il caffè. È tutta felice per il lavoro svolto. «Stasera recito una preghiera per ognuno di voi» ci ha detto mentre ci salutava, poi un'ombra scura le è calata sugli occhi.

Uno. Due. Nel giro di qualche minuto gli uccelli hanno iniziato a lavorare al nuovo manto d'escrementi.

La suora ha fatto una faccia da assassina, se potesse ammazzerebbe quegli uccelli a morsi.

La mattina prosegue nel migliore dei modi.

Vetri e ingresso della ludoteca. Niente di troppo pesante né pericoloso.

Iniziamo dalle enormi vetrate oblique.

«A Danie', t'o ricordi quanno l'avemo pulite l'urtima vorta, era uno dei primi giorni tua de lavoro, me sembravi 'n pinguino, tutto zitto, 'n sapevi tene' in mano manco 'na stecca.»

«Certo» rispondo a Giovanni. Non era uno dei primi, era stato il mio primissimo, di lavoro.

Ora sono io a manovrare il vello sulla lunga asta telescopica. Mi serve soltanto un gesto per rendere la grande vetrata perfetta, come vidi fare a Luciano tanti mesi fa. Dentro la ludoteca, ipnotizzati dai miei movimenti, una decina di bambini. Inizialmente erano imbarazzati, si vergognavano anche solo di guardarmi. Ora invece mi salutano di continuo, fanno smorfie, si spingono a vicenda per arrivare più vicini alle vetrate e a me.

Mi distoglie dal lavoro lo squillo del telefono. È un numero breve, di quelli che non mostrano le ultime cifre dell'interno. Io quel numero lo riconosco, è dell'ospedale.

«Pronto.»

«Buongiorno, quando vuole il presidente l'aspetta.»

«Torno subito.»

I miei compagni hanno sentito la telefonata, non c'è bisogno di dire altro.

Sono le undici e mezzo, ho consegnato il manoscritto al presidente verso le sei di questa mattina.

L'angoscia mi strangola.

È passato troppo poco tempo. Per elaborare un giudizio minimamente strutturato ce ne vuole di più, a meno che non sia negativo.

Salgo le scale che portano alla presidenza. Per l'ansia sono sudato fradicio, inoltre i pantaloni della divisa sono macchiati di escrementi d'uccello. La consapevolezza di essere davvero impresentabile non fa che aumentare l'ansia, che aumenta il sudore. Un circolo infernale.

La segretaria non mi sembra di buon umore, perché non è di buon umore? Però poi sorride, sorride, che bello il suo sorriso.

«Vai.»

«Vado.»

28

Appena entro noto la novità.

Il presidente non si trova al suo posto dietro la scrivania, è accanto alla finestra, dal suo punto di vista sopraelevato osserva il viavai di gente.

Si volta verso di me.

«Venga, Mencarelli.»

Mi avvicino, da quando sono entrato mi dimentico di respirare, nel momento in cui me ne ricordo una fame d'aria si espande dai polmoni al naso.

Il presidente, ora che gli sono a fianco, prende a fissarmi. I suoi occhi visti da vicino incutono ancora più timore, sembrano quelli di un predatore.

«Lavoro per questo ospedale da sei anni, vivo qui dentro tutti i giorni della settimana dalle sei di mattina a notte fonda.»

Torna a guardare fuori dalla finestra.

Vorrei dirgli che i suoi orari li conosco bene, come tutti quelli che lavorano al Bambino Gesù, ma preferisco tacere, non voglio in alcun modo allungare quest'attesa giunta allo stremo. Il presidente resta incollato alla finestra, in silenzio, solo dopo un bel po' di tempo, finalmente, torna verso di me.

«Ma in realtà non c'ero mai entrato veramente. Ho iniziato a conoscerlo solo stamattina, grazie a lei e alle sue poesie.»

Poi mi abbraccia, improvvisamente, incredibilmente.

Resto immobile, non ho la forza neanche di ricambiare il gesto. Mi tiene così per qualche istante, quando si stacca mi sorride, non glielo avevo mai visto fare, come del resto nemmeno abbracciare qualcuno.

«Ho già parlato con le Tipografie Vaticane, mi hanno assicurato che si metteranno subito al lavoro, entro il 20 del mese dovremmo essere pronti per andare in stampa. Ovviamente lei sarà coinvolto in tutte le fasi dello sviluppo, già per questa settimana andrà da loro per ragionare sulla carta e la copertina.»

«Certo.»

Non dico altro. L'emozione non me lo permette. Non è solamente gioia: tanti sentimenti hanno finalmente la possibilità d'implodere, senza più freni o attese da scontare.

«Che cos'ha, Mencarelli? Non le fa piacere quello che le ho detto?»

Il presidente mi guarda, forse si aspettava una reazione di piacere più evidente.

«Non potrei essere più felice, da quando mi ha proposto di scrivere una raccolta non ho vissuto che per questo attimo, ma non c'è solo la mia felicità di mezzo, a lei sembra che io sia fermo qui davanti a lei, in realtà sono una specie di trottola impazzita, ho la testa che sta viaggiando alla velocità della luce.»

«E dove sta andando di bello?»

Ogni mia cellula è trascinata dalla memoria lungo il corso di questi mesi, brucianti, infiniti. «Sta andando dietro a tutti i ricordi, ogni singolo istante di dolore, o meraviglia. Mi piacerebbe poter rivedere uno per uno tutti quelli che mi hanno dato qualcosa, soprattutto chi non è finito nelle poesie.»

Il presidente mi prende un braccio, me lo stringe.

«Glielo dico di cuore, credo che tutti si sentirebbero di ringraziarla, li ha restituiti con grande forza, immagino che non sia stato facile per niente.»

Restiamo entrambi in silenzio a guardare il viavai sotto i nostri occhi: un popolo di genitori e figli in transito, diretti a uno dei tanti incroci della loro vita. Molti ne usciranno incolumi, altri si scontreranno. Questa mattina, proprio qui dentro, per mille e mille bambini restituiti alla libertà e alla salute ce ne saranno una manciata destinati a ben altre battaglie, tutte combattute sulla loro pelle innocente. Di quella manciata, alla fine della guerra, solo alcuni potranno dirsi vincitori.

«Facile no, ma c'è una cosa che mi unisce a queste persone, che mi ha permesso di scrivere. Anche io appartengo a quelli salvati da questo ospedale.»

29

Mentre torno dai miei compagni di squadra arriva preciso, sussurrato nelle orecchie: si potrebbe festeggiare con un brindisi, un bicchiere di bianco, uno solo, giusto per aumentare l'allegria.

All'invito del male neanche rispondo. Non so cosa s'inventerà in futuro, per ora i suoi tentativi mi paiono tristi, patetici.

Devo chiamare mia madre e mio padre, dirgli che è andata come meglio non si poteva immaginare.

Mi piacerebbe inventare una parola nuova, dal suono meraviglioso, un lessema che contenga mille sentimenti, dalla gratitudine alla necessità continua di chiedergli perdono per questi ultimi anni. Ma non sono le parole che mancano, quelle mai sono mancate, quel che serve a mia madre e mio padre è la consuetudine della normalità, il ritorno a un'esistenza degna di questo nome, senza dover trascorrere ogni notte scesa sulla Terra con il respiro tranciato dalle preoccupazioni per un figlio disperso chissà dove. Sì. Il mio perdono non potrà risolversi nelle parole, per quanto belle e precise, ma sarà nel trascorrere degli anni, sino al giorno, se mai arriverà, in cui tutto sarà un ricordo lontano, comunque doloroso, ma sepolto.

I miei compagni sono ancora alle prese con l'esterno della ludoteca.

Giovanni e Luciano hanno attaccato il lungo corridoio esterno di linoleum con la monospazzola, Massimo invece pulisce le vetrate basse che fungono da divisorio con l'area attrezzata esterna.

Appena mi vedono arrivare si fermano tutti e tre.

Non c'è bisogno di parole, nemmeno un gesto.

Basta un sorriso, portato di bocca in bocca.

Giovanni riattacca la monospazzola.

«Daje va' che ar poeta è annata bene, er prossimo giro de caffè tocca a lui.»

A me e Massimo è rimasta in sospeso l'ultima vetrata della ludoteca.

Riprendiamo da dove avevamo interrotto.

Non appena mi vedono, i bambini tornano a guardarmi, questa volta per sconfiggere l'imbarazzo gli ci vuole molto meno tempo, dopo neanche un minuto fanno a lotta per essere i più vicini alla vetrata, mentre io dall'altra parte insapono con la lunga asta telescopica.

Quando la vetrata è finita, invisibile nella sua trasparenza, restiamo a guardarci, io e loro, immobili, improvvisamente seri.

Loro dentro l'ospedale, un mucchio di bambini sudati, ansimanti per il gioco sfrenato, belli di tutta la bellezza, di tutte le terre del mondo.

Io fuori, bucato dai loro sguardi, ognuno inchiodato nella memoria.

«Voglio ricordare tutto.»

Non c'è notte che non chiami
con la sua voce dura di nocche,
tutto occhi, ardente il sorriso,
dalla sua finestra immobile
continua a chiedere il bene
mentre anni di fuori scorrono
e il tempo scrosta la poca giovinezza
rimasta su questo viso invecchiato,
tu non conosci calendario,
né altro che essere bambino,
malato aggrappato ai suoi disegni
con cui librarsi dal dolore,
Toctoc, Alfredo che un mattino
hai bussato per entrare
e dentro per sempre sei rimasto,
continua a farmi casa del tuo sguardo,
usami per restare vivo nel ricordo.

Ringraziamenti

Alla mia famiglia, che ha vissuto e patito.
A Davide Rondoni, perché l'amicizia è una questione di gesti.
A Francesco Silvano, che affidò l'ospedale alle mie parole.
A tutti gli operai che non dimentico.
A Maria Cristina Olati, che ha curato questo esordio.
A Carlo Carabba, Marilena Rossi e tutta la squadra Mondadori, che ci ha creduto.
A mia moglie Piera, che accolse un ragazzo sghembo trasformandolo in uomo.
Ai miei figli, che un giorno capiranno.

Ai bambini dell'Ospedale Pediatrico Bambino Gesù, ai loro genitori,
per il sangue che ci unisce,
perché non ho altro modo per testimoniare.

Indice

«La casa degli sguardi»
di Daniele Mencarelli
Oscar
Mondadori Libri

Questo volume è stato stampato
presso ELCOGRAF S.p.A.
Stabilimento - Cles (TN)
Stampato in Italia. Printed in Italy